過労で倒れた社畜な子爵令嬢ですが
聖騎士様に溺愛保護されています

千石かのん

Illustration
森原八鹿

過労で倒れた社畜な子爵令嬢ですが聖騎士様に溺愛保護されています

contents

プロローグ

（天国のおばあちゃん……私ももうすぐそっちに向かうかもしれません……）

大きな窓が特徴的な食堂の一画。案内されたテーブル席でメニューを手渡されたスノウ・ヴィスタは立派な拵《こしら》えのそれに視線を落としながら、全く食欲がわかないことに気が付いた。

ぱたり、とメニューを伏せて溜息《ためいき》を吐く。

さらさらの銀色の髪はまとめる余裕もなく下ろしっぱなしで、見る影もなく縺《もつ》れて顔に掛かり、柔らかな春の空のような水色の瞳には隠し切れない疲労が滲《にじ》んでいる。

魂が抜けかけたような頭に浮かぶのは、「ものには心が宿る。だから大切に扱いな」とおしえてくれた祖母の豪快な笑顔だった。

五年前に亡くなったその祖母がスノウに向かって手を振っているようで、彼女は目を閉じるとテーブルに突っ伏した。

ごん、と額がぶつかって鈍い音がするが、なんだかその痛みも遠い気がする。

次から次へと舞い込む「仕事」のため、スノウはほぼ休日返上で働いていた。

多分、十二連勤とかそんな感じだ。そのため、見かねたスノウの上司が「まともな食事をしてきなさい」と有無を言わさぬ笑顔で宣言し、結果食堂へと来ることになったのだが。

（ここでちゃんとした食事をとったのはいつだったかな……）

のろのろと顔をあげて再びメニューを取り上げ、そこに並ぶ夏野菜を使った料理や涼し気なアイス、ゼリーの文字を見て目を瞬かせる。

スノウの脳裏に残っている食堂の最新メニューは「春を先取り、菜の花パスタ」だった。

ずいぶん時間が経《た》ったな、なんて呑気《のんき》なことを考えて大きなガラス窓に視線を遣ったスノウは呆然《ぼうぜん》とした。

（ていうか、もう夕方だ……）

早朝、日の出を作業室で見たのは覚えている。それから約十五時間……ほぼノンストップで仕事をしていた。

夏の夕暮れは遅い。空はまだまだ明るいが、一般の人が帰宅する時間だろう。

その事実にどっと疲れが押し寄せて来て、スノウはますます食欲が失《う》せるのを覚えた。

（食べなきゃ持たないのはわかってるけど……）

何も食べたくない。このまま突っ伏して寝てしまいたい。でも……。

ぼうっとメニューを眺めるスノウの視界に、不意に何かが映った。はっとして顔をあげれば、にっこりと微笑《ほほえ》んだウエイターがかがめた腰を伸ばすところだった。

「……あの？」

まだ何も頼んでいない。だが目の前には柔らかな湯気とふわりといい香りをさせた鶏肉《とりにく》とホウレンソウのクリームシチューに、表面がぱりっと焼き上がったパンが二つ置かれている。

あまりにもぼんやりしすぎて頼んだことを忘れているのだろうか、と一抹の不安を覚える。

「これ……は？」

恐る恐る尋ねると、ウエイターは笑顔で「あちらのお客様からです」と窓際の席を手で示してくれた。が。

「え？」

「あれ？」

二人が視線を送った先には、食べ終えたばかりと思われる空の皿と空席のみがあり、肝心の主がいない。

「先程までいらしたんですが……お帰りになったのかな？」

首をひねるウエイターに、スノウはどんな人だったのかと聞いてみる。

「金髪の紳士ですよ。疲れて食欲がなさそうだから、優しい味のクリームシチューを差し上げてって」

なんと。

ゆっくりとスノウの真っ白な頬《ほお》が朱色に染まっていく。

見ず知らずの男性に心配されるくらい、酷《ひど》い様相だったということだ。

(でもそうか……)

食堂にやってきたのに何も頼まず、テーブルに突っ伏していたのだ。心配されて当然かもしれない。

目の前には、見ず知らずの誰かの優しさを示すように温かい食事が。

「デザートも承っておりますので、あとでお持ちします」

「へ？」

まさかそこまでしてもらえるとは。

聞けばスノウが一番好きなチョコレート菓子だ。

ドーム状のチョコの中には蕩《とろ》けるようなマシュマロがたっぷりと詰まり、底のビスケットが封をしている。夏場に作るのは大変なお菓子だと思うが、鏡のようにつるりとしたチョコが美しいそれがスノウは気に入っていた。

後でコーヒーと一緒にお持ちします、と言われて頷《うなず》き、スノウはスプーンを取り上げた。

じんわりと心が熱を持ってくすぐったい気持ちが溢《あふ》れてくる。

ゆっくりと、素直に食事をとり始めたスノウは、疲れた胃に沁《し》みていくようでほっと溜息を洩《も》らした。

そうして改めて自分の勤務体制を見直すことにしようと心から誓うのだった。

◆◇◆

（……よかった）

広々とした食堂の、スノウの席から遠く離れた入り口付近で、背の高い、金髪の紳士が濃い蒼《あお》の瞳を細めて苦笑する。

テーブルに突っ伏したまま動かない彼女を心から心配していたのだ。

いや、そのもっと前から彼は彼女を知っていた。

（……また無茶をしなければいいが……）

最後に彼女を食堂で見かけたのは半年近く前だ。その時ですら彼女は青白い顔で、栄養のなさそうなスープを注文していた。

あれではいつか倒れると思っていたのだ。

（けどしっかり固形物を取っているから……大丈夫だろう）

しばらく食事をする彼女を眺めたのち、紳士はくるりと踵《きびす》を返す。彼女が元気になってくれればそれでいい。うんうんと一人頷きながら、彼は食堂を後にした。

だがこの時、何が何でも声を掛けて、仕事をするなと厳命すべきだったと、三週間後、彼――第三聖騎士隊隊長、イリアス・ブランドは激しく後悔するのだが今は知る由もないのである。

1　過労令嬢、保護される

王都防衛組織銀嶺《ぎんれい》——そこの魔道具製作所がスノウの勤務先だ。

（うあ……もう朝……）

振ることで一緒に魔法も発動させる魔法剣。その要《かなめ》といえる魔法石の修復を一晩中行っていたスノウは、再び宝石内部に魔力を取り戻した石から視線を上げ、目を刺した朝の日差しに驚くと同時に目を細めた。

作業机の真正面にあるガラス窓の向こうに、銀嶺という名を象徴するような真っ白な壁と銀の屋根を持つ巨大な建物が朝日を受けてきらきらと輝いていた。

銀嶺は、王国中の有望な魔術師や聖なる力を持った人々を集めて作られた防衛組織で、王都の一画に広大な敷地を持つ巨大組織だ。

所属する人間のほとんどが貴族なのも特徴の一つである。

その昔、大地に蔓延《はびこ》る異形のモノと戦い、その果てに国を作った偉大なる英雄王がいた。その彼を護《まも》り、支えた存在……それが魔術師と呼ばれる者たちである。

彼らは普通の人でも多少は持つ、奇跡を起こす力——魔力を生まれながらに大量に持っていた。

これを自在に操って奇跡を起こせる彼らは、英雄王の手足となって働き、国づくりに貢献した。

その功績を認め、彼らに地位と土地を与えたことからこの国の貴族は始まっている。

つまり、貴族のほとんどが魔術師と何らかの繋《つな》がりがあるということだ。

国を、人を、平和を守る彼らはやがて、効率的に国土を防衛するべく「銀嶺」と呼ばれる組織に召集されるようになった。

魔力の高い者、聖なる力を扱える者、頭脳明晰《めいせき》で王国の将来に貢献できる者……。

高位の貴族ほど才があり力が強く、社交界でも魔力の有無によって優劣が決まってくる。

そんな中、辺鄙《へんぴ》な田舎の、かろうじて爵位を保っているアンバー子爵家の令嬢であるスノウが銀嶺に召集される確率はかなり低かった。

だが彼女は「戦う」ための力ではなく、その彼らを「支える」特殊な魔力を持っていたのだ。

（壊れたものを直すのは時間がかかるけど好きだし……呪いを解くのも謎解きみたいで楽しい。強化魔法を使うのだって嫌いではないけれど……）

スノウは銀嶺にある「魔道具製作所」に配属されていた。

そこは他の構成員が戦闘などで壊した武器や防具、護符なんかを直したり、新しい魔道具を作り出したりする部署である。

スノウの実家、ヴィスタ家は修理や修復、強化魔法に特化した血筋で、彼女も幼い頃から領民の依頼に応じて物の修復を行ったり、魔物に襲われないよう、家に防御魔法をかけたりしていた。

その力が認められて、晴れて銀嶺へと招集されたのだが、こういう地味な力を使う人間が少なく、且つ、貴族が主体の組織だけあって、構成員が平気で物を壊しまくる。

結果、配属から一年が過ぎた現在《いま》、スノウはまともな休日も取れないほどの激務に追われていた。

現在受け持っているのは粉々に破壊された杖《つえ》の修復と防御魔法を強化させてほしいと頼まれた盾だ。

その他に、今日の昼までに依頼を受けるかどうか返答待ちのものが三つ。

しかもどれも納品日が十日後で、他にも日々、たった今完成させた魔法剣のような急ぎの修復案件が舞い込んでくる。

（十日後に合同捜査があるからなんだろうけど……それにしたってもうちょっと早く依頼してくればいいのに）

机の隅に置かれたトレイには返答待ちの封書が三通。

中から仕様書と依頼書を取り出し、スノウは渋面で溜息を堪えた。

確かにスノウの手元に入る依頼料はかなりいい。

銀嶺では、本部が支給した武器や防具、道具なんかの修理に関しては製作所の給料範囲での仕事にカウントされるが、構成員が個人で頼む武器や道具はそれに該当しない。

一応、「作戦で使うものだから」銀嶺から補助金が出るが、全額ではないのだ。

今回、頼まれている三件は全て護符で、使う素材が高額な宝石だったり、扱う魔法が特殊だったりで、依頼人が支払う金額は魔道具製作所の指定依頼料を適用してもかなりなものだ。材料費が含まれているとはいえスノウの手取りは相当な額になる。

だが製作期間が微妙に短い。

（……そういえば実家では冬に備えてそろそろ屋敷の修繕をしたいって言ってたっけ……）

じっと仕様書を見つめながら考える。

そのほかの杖と盾は比較的早めに終わらせられるだろう。だが護符三つは……間に合うだろうか。

（ううううん……）

食堂で優しい紳士からシチューを奢《おご》ってもらったのはもう五日も前になる。

最後に食べた食事は一昨日の昼だっただろうか。何を食べたのか……なかなか思い出せない。

（そうだ……受付のメイが見かねてサンドイッチをくれたのよね……）

悩んでいる間にも刻々と時間は過ぎていく。手が空くという余裕は今の彼女にはないのだ。

（仕方ない。やるか）

ぐっと両手を組んで頭上に上げ、大きく背伸びをする。

依頼書に了承のサインをし、出来上がった魔法剣と共に受付に持っていく。まだ始業時間ではないので人気のないカウンターに仕様書を置き、続いて魔法剣に「了」のタグをつけて保管庫に収めた。

そうして受付が管理している台帳に依頼主の名前とタグの番号を記載してスノウは作業室へと取って返した。

食堂が開くのはあと一時間後だ。久々に朝食をそこで取ろうと決めて、それまでの時間護符の作業を進めようと仕様書に視線を落として、材料の検討を始める。

（護符用の宝石は地下にあるから……）

上司から承認をもらって取りにいって……。

そんなことを考えているうちに時間はどんどん過ぎ、結局スノウは朝食を取りそびれた。

だがそんなことにも気づかず、彼女は作業にのめり込んでいく。

「あのぅ……レディ・スノウ」

一心不乱に護符の中核となる宝石に、加護魔法を組み込むべく特殊なインクで魔法陣を描いていると、遠慮がちにドアをノックされ可愛《かわい》らしい女性が顔を覗《のぞ》かせた。

「メイ？　どうかした？」

一般の人で魔力の無い彼女は、受付の他に職員にお茶やお菓子、軽食を用意してくれる。休憩を促すときは有無を言わさず入って来るのに、今は遠慮がちで顔を上げたスノウは首を傾《かし》げて見せた。

そんなスノウに、メイは言い難《にく》そうに困った顔をする。

「護符を依頼されたレディが三名、いらしてるのですが……」

「え？」

思わず目を見張る。

たった今取り掛かったばかりで、まだ要望にあった宝石に術式を組み込んでいる段階だ。完成には程遠い。まさかこの時点で仕様の変更だろうか。

嫌な予感を覚えながら、スノウはメイの後について受付へと向かう。

魔道具製作所は、銀嶺の敷地内でも辺鄙な場所にあり、真っ白な壁を持つ四角い建物だ。

中にはいくつかの作業室と休憩所、それと仮眠室がある大きめの建造物で、背後には木々の茂る森、正面には広々とした庭があり、職員が育てているハーブやキノコ、野菜や花が植わっている。

入り口を入ってすぐのエントランスには受付用のカウンターとソファが置かれ、待合室のようになっていた。壁一面と天井に窓がある開放的なそこに、苛立たしげに並ぶ三人の令嬢が、互いにけん制し合うようににらみ合っていた。

（ええっと……）

令嬢三名は別々にスノウに依頼をしていた。その彼女たちが一堂に会しているのは何故なのか。

首をひねりながら「お待たせしました」と声をかけるや否や。

「護符よりも先にわたくしの腕輪を直してくださらない」

明るい栗色《くりいろ》の髪を美しく結い上げた一人がずいっと一歩前に出た。

「彼女の三倍、依頼料を出すからわたしのこの弓を直してほしい」

かと思ったらもう一人、ポニーテールに隊服を着た一人が詰め寄る。

「馬鹿言わないで。この二人のを直すくらいならわたくしのネックレスの方が先ですわ」

更には先に話し出した二名を遮るように、赤い口紅が特徴的な派手顔の令嬢がスノウの肩を掴《つか》んだ。

「はあ⁉　そんなネックレスがあったところであんたの魔力じゃイリアス様の足を引っ張るだけだ。私の弓の方がよっぽど頼りになる」

「どうだか。無駄な矢を放って従僕に回収させるのがおちでしょう？　わたくしなら魔力も技術も文句なしにイリアス様のお力になれるわ」

「どこが。そんな安物の腕輪で守れるのはあんたの腕だけじゃないの？　ああ、ごめんなさい。顔に一撃を受けて『修復』したほうが綺麗《きれい》になるものね」

「なんですって⁉」

その場で勃発した激しい口論を前に、スノウは開いた口が塞がらない。

話の内容を総合すると、どうやら「イリアス卿《きょう》」と関係があるようだ。

（はて……誰だったか……）

聞いたことがある名前だ。だがスノウが関わる銀嶺所属の貴族は大勢いて、恐らく何かの依頼をされたことがある程度だろう。

だが息巻く彼女たちの言葉の端々から推測して。

（……人気の聖騎士様かな？）

ふと、脳裏に可愛らしいウサギのマスコットが蘇《よみがえ》った。

だいぶ前に大事にしていたウサギのマスコットが攻撃を受けた際に「加護」を発動して壊れてしまい、直してほしいと依頼されたことがあった。

そのマスコットを持っていたのが聖騎士様だったのだ。確か凄《すご》いイケメンだったような……。

「とにかく、イリアス様との任務が入りましたの。四時間後には出発ですので、一時間前までには直してくださらないかしら」

「へ⁉」

ぼーっと三人のやり取りを眺めていたスノウは、飛び出した内容に目が点になる。

つまり、三時間で腕輪と弓とネックレスを修復しろと？

「この腕輪が持つ防御魔法の範囲を人一人分から二人に広げてくださらない？」

「私の弓には氷属性を着けてほしい」

「このネックレス、この間の戦闘で宝石にひびが入ってしまったの。直して頂戴」

「…………………ええっと……」

どれもできないことではない。ないが……。

「そうなると本日依頼された護符の納期が遅くなりますが宜《よろ》しいので？」

合同作戦には間に合わなくなる。それを言外に告げれば、三人はずいっと一歩、スノウに近づいた。

「構わないわ。なんならキャンセルで」

腕輪の令嬢があっさり言うのにスノウの口元が引き攣《つ》る。

「いえ、キャンセルは受け付けてません」

「いいからさっさとしろ。間に合わなくなる」

弓の令嬢が苛立たし気に靴を鳴らす。

「皆さま、同じ作戦に参加ですよね？　となるとお一人に割《さ》ける時間は一時間で……かなり高額になりますが？」

「構いませんわ。……というか、他の二人は無視すればいいでしょう？」

ネックレスの令嬢が髪を払いながらぎろっと他の二人を睨《にら》みつける。

「……その件に関してはそちらで話を付けてください」

絶対に嫌だ、私のを優先しろ、イリアス様に認められてゆくゆくはお付き合いするのだから等々……。

再び始まった騒動に、スノウは頭痛がしてくる。

ハラハラした表情でこちらを見ていたメイに「ごめん、契約書出してもらえます？」と頼み、差し出された書類を手に彼女たちを振り返った。

「契約は一時間で内容は加護範囲拡大、効果付与、修復となってます。先に依頼された護符に対しては納期の変更許諾、依頼料は五割増し。これでよろしければサインを」

スノウの宣言が、魔法用紙で出来た誓約書に自動的に浮き上がる。それを手に強引に割って入ると、彼女たちは顔を見合わせ速攻でサインをした。

ほっと息を吐き、スノウは三人から道具を受け取ると不安そうな表情のメイに契約書を渡す。

不意にカウンターに置かれた時計が目に入り、あと三十分で正午だと知る。

（午後休憩も返上かぁ……）

もはや空腹も感じない。メイに紅茶だけでも頼もうかと思っていると。

「もうすぐお昼だし、昼食を頂いてから夕方に備えなくちゃ」

「イリアス様のためにも少しでも体力温存しなくては」

「やだ～、髪のセット間に合うかなぁ」

口々に好き勝手なことを言って令嬢達が製作所を後にする。これからぶっ通しで仕事のスノウは遠い目をした。

確かにお金をもらう依頼だけど。全くすまなさそうでもなく、金を払ったんだからちゃんと仕事しろと言われているようで複雑な気分になった。それでも契約したのだからやるしかない。

それに……スノウは子爵令嬢だ。彼女たちは持ってきた道具から察するに伯爵とか侯爵令嬢だろう。

戦闘に関する魔力を持たないスノウは、彼女たちより下に見られているのだろう。

「あの……レディ・スノウ。朝ごはんもまだですよね?」

カウンターに手を突いてしばらくぼうっとしていたスノウは、メイからか細い声で尋ねられて我に返る。

「えっと……」

「私、今から軽食を作ってお持ちします! 片手で食べられるものがいいですよね⁉」

スノウが答える前に彼女は大急ぎで中に引き返していった。

その心遣いが骨に沁みそうになっていると、「あの」と入り口から声を掛けられた。

「はい?」

メイが奥に引っ込んでしまった以上、依頼の対応をするにも人がいなくてはいけない。

反射的に顔を上げたスノウは次の瞬間、軽く目を見張った。

引き籠って昼夜仕事をする不健康な人間が多い魔道具製作所では、少しでも職員の健康を維持するためにあちこちに天窓がある。

室内はさんさんと日が差し込み、風が通り抜け、季節と時間の感覚を取り戻させるように設計されていた。

このロビーもその一つで、キラキラした午前中の光が差し込む室内は、壁の白と相まってとても明るい。

なのに、その明るさが更に向上したようにスノウには見えた。

何故なら。

（うわ……眩しッ……！）

目の前に金髪に濃い海の蒼色をした瞳のイケメンが立っていたからだ。

ふわりと目元にかかる長めの前髪。整った鼻筋と軽く、爽やかな笑みをたたえた唇。すらりと背が高く、その身に纏《まと》っている白銀の隊服と青いマントは聖騎士のものだ。

光度が上がったように感じる麗しい姿に、スノウは昨日から寝ていない目をしょぼしょぼさせて無理やり笑みを浮かべた。

「あの……何か御用でしょうか……」

疲れ切り、くすんだ銀色の髪がざんばらに顔に落ちかかった、見るも悲惨な自分に話しかけられて、さぞや困っただろうなと、心の奥で考えながら、スノウは近くのファイルを取った。

受け取りか依頼か。どちらにしろ確認しなくては。

ファイルをめくり、イケメンの名前を確認しようとした、その瞬間。ぱしり、とスノウの手首をイケメン騎士が掴んだ。

はっと顔を上げると、ぐいっと顔を近寄せた男が、じっとスノウの空色の瞳を見つめ返す。

（うお……眩《まぶ》しい……やばい……）

目を眇《すが》め、思わず視線を逸《そ》らすスノウに、彼が呻《うめ》くように告げた。

「……顔色が酷く悪いが……ちゃんと寝てるのか？」

やや叱責めいて聞こえた言葉に、スノウは一瞬ぽかんとする。それから思わず苦笑した。

「お気遣いありがとうございます。四時間後には寝ますので」

かすれた声でどうにか告げると、男の海色の瞳がゆっくりとカウンターに落ちた。そこには先程令嬢たちから受け取った依頼の品が。

「……これからそれを直すのか？」

「……ええ、まあ……はい……」

すると、男が小さく舌打ちをした――ような気がした。

（…………………え？）

思わず彼を見上げれば、男は真剣な眼差《まなざ》しでスノウを見つめている。

「それは今日の作戦に必要だからと依頼されたものかな？」

苦々しく尋ねられ、思わず目を瞬く。

「そ……そうですが……」

やはり、と彼は小さく零しがしがしと頭を掻《か》いた。

「すまない。上の命令で急遽《きゅうきょ》調査が入ってしまったんだ。そのため普段組むのとは違う人員が選出されてしまって……準備ができていない者ばかりだからこうなってしまった」

そう目の前のイケメンに謝られるが、何故なのか全くわからずスノウはぽかんとする。

それから回転の鈍っていた頭が徐々に状況を整理し始めた。

（えっと……つまり、彼女たちが急遽依頼をしてきたのは突発的な任務が勃発したためで、選ばれたのは準備がまだな不慣れな人達で……それをこの人は詫《わ》びている……）

と、いうことは。

ぱちん、と何かが脳裏でひらめき、「あ」とスノウは息を呑《の》んだ。

「もしかして……イリアス・ブランド隊長ですか？」

思わず声に出して言っていた。

途端、スノウに再び視線を戻したイリアスが軽く目を見張った後、困ったように苦笑した。

「……もしかして、気付いてなかった？」

「え？　あ、すみません……」

慌てて謝罪する。

それから改めてイケメンと視線を合わせ、はっと息を呑んだ。

（やっぱり！　あのウサギのマスコットの人だ）

依頼人のことをすっかり忘れていたが、小さなウサギのマスコットは覚えている。

先程よりも鮮明にその形を思い出し、スノウはちょっと懐かしくなった。

そう……確か七色に光るボタンが目についていたのだ。

それが幸運を授ける石で、片一方が割れていた。

当時、依頼人のイリアスは、魔物からの一撃を受けたはずなのに無傷で、隊服の内ポケットに入れていたこのマスコットの目が壊れていたと説明してくれた。

恐らく、彼を護ってくれという深い願いの込められた品だったのだろう。手に取ると、その願いが加護の力となってマスコットに宿っているのがよくわかった。

掌《てのひら》に感じた、温かさ。そこから流れ込んでくる優しい想《おも》い。

素敵な品だと直感し、その想いを大切にしたくて、時間をかけて丁寧に直した記憶がある。

その彼が魔道具製作所に来たということは。

「もしかして何かご依頼品ですか？　それとも受け取り？」

またマスコットが壊れたのだろうか。

小首を傾げて尋ねれば、軽く目を見張ったイリアスが、こほん、と咳払《せきばら》いをした。

「いや……その。こちらに令嬢が三名、入っていくのを見てしまって……。何か無茶を言って帰ったんじゃないかと思ったから……」

ああ、そうか。急遽調査に参加することになった部下が、ちゃんとした装備ができるのか確認しにきたというわけか。

ちらりと時計を見て、スノウはゆっくりと立ち上がった。

「大丈夫です。きちんと出発時刻までには、彼女たちの防具と武器を直しますので」

無茶な依頼だが、言葉にして宣言すると気合が入った。何が何でも時間までに直してやる、という気概が溢れてきたのだ。

ぐっと両手を握り締めてやる気に満ちるスノウに、イリアスが慌てたように声を上げた。

「無理はするな。俺の方から断らせる」

眉間にしわを寄せ心配そうな表情をする彼に、しかし彼女は首を振る。

「キャンセルが基本できないのが我々との契約です。できると見込んだ以上、やりますので」

深々と頭を下げて告げ、それから少し驚きを込めてイリアスを見る。

「……それにしても……チームを組む部下のことをしっかり管理なさってるなんて、流石《さすが》ですね」

任務にあたる際に編成されるチームは流動的で、多少の面子《めんつ》の固定はあれど、仕事の内容に対しての得手不得手でメンバーが変わる。

短期間の……さらに今回は急ごしらえのチームでいちいち個人と交流したりフォローしたりしていては大変だろうが、それを重要視できるのはすごいことだろう。

(イケメンでこんな細かな気遣いができるんなら……モテるんだろうなぁ)

彼女たちが張り切っていたのもわかる気がする。

だがそんなスノウの正直な感想に、彼はどこか間が悪そうに視線を逸らした。

「いや……誰にでもそうだというわけではないんだけど……」

それはどういうことだろうか。

あの三人の中の一人が特別だとかそういうこともなさそうだけど……？

(あ、急ごしらえだからこそ、気にしてるとかかな？)

だとしたらますます人格者だな、なんて思って感心していると。

「とにかく、無茶はしないように。あ、それとこれは……その……俺からの気持ちだ」

不意に手を取られてぎゅっと握られる。温かな掌から何かを渡されて、離れた際にそっと開いて見てみた。

「あ……」

赤いシルクのリボンできゅっと口が閉じられた小さな包み。何だろうと、顔を上げればイケメン騎士がにっこりと爽やかな笑みを浮かべるところだった。

眩しすぎるそれに、どきんと胸が高鳴る。顔に血が集まるのを誤魔化《ごまか》すように、スノウは大急ぎで頭を下げた。

「あの……ありがとうございます」

「どういたしまして」

顔を上げた視界の先、ひらりと夏空のようなマントが翻るのが見え、踵を返した彼が清々《すがすが》しい空気だけを残して去っていく。

（聖騎士様って、生まれつき聖なる力が使える一族よね？　光魔法みたいなものかな……すごく……）

すごく、彼がいた空間が清浄で清らかに感じられる。

ぼうっとしばらくドアを見つめていると、紅茶とミートパイが乗ったトレイを持ったメイが慌てて戻って来た。

「すみません、お湯が沸いてなくて遅くなりました」

いい香りがする軽食を差し出され、手にしていた小袋をトレイに乗せて受け取ると、それをみたメイが目を見開いた。

「そちらは？」

「ああ……今いらした騎士様に頂いたの」

中身はなんだろうか。

トレイをカウンターに置いて、袋の口を開いて中身をパイの皿に出してみる。

中から出てきたのはクルミとベリーがぎっしり詰まったトフィーだった。

「あ、これ今、銀嶺内で人気なんですよ？　持ち運びに便利だし甘いお菓子が食べたいときにぴったりだって」

一つ取り上げて齧《かじ》ってみる。

かりっとしたクルミの歯ごたえの後に、甘いチョコレートとバターの香りが口いっぱいに広がった。その後で酸味のあるベリーが舌先を刺激して美味《おい》しい。

メイに薦めると彼女も美味しそうに口元をむにゅむにゅさせている。

「女性の間で流行《はや》ってるんですけど……騎士様がお買い求めになるなんて、甘いものがお好きなんですかね」

彼女の言葉に、スノウはもう一つ摘まんで口にしながら、赤いリボンの小袋を眺めた。

(誰かへの贈り物だったのかな……)

その中の一つをくれたのだろうか。

「……ねえ、私、今、すごい顔してる?」

あまりにも悲惨な顔色だったので心配してくれたのだろうか。

そう思って尋ねてみると、メイがすまなさそうに眉を下げた。

「……かなり。お疲れに見えます」

やっぱりか。

「……さっさと仕事を終わらせて寝るわ」

トレイと依頼品を持って受付を後にする。

「無理しないでくださいね」

「はーい」

口に放り込んだトフィーが甘く溶けていくのを味わいながら、スノウは先程まで感じていた疲労がほんの少しだけ回復しているような気がするのだった。

◆◇◆

時は彼が魔道具製作所を訪れる少し前。

「イリアス！」

本日夕方から急遽調査へと赴くことになり、慌ただしく準備を進めていたイリアスは後ろから声をかけられて振り返った。

中庭に面した回廊を、大股で歩いて来るのは、サマースウェイト公爵、ロジックス・スタンフォードだ。

黒髪の美丈夫は最近「運命の人」に出会ったらしく、今までは愛想はいいがどこか近寄り難い雰囲気を醸し出していたのに、今はそこにそこはかとない優しさが滲んでいる……ようにイリアスには見えた。

「ロジックス。どうかしたか？」

イリアスはレドナ公爵家の三男で、ロジックスとは寄宿学校の同学年の友人である。同じく、よくロジックスがお守りを受け持っていた王子のハロルドとつるんで色々悪戯《いたずら》をして回ったのはいい思い出だ。

そんな友人が笑顔で一枚、書類を差し出してきた。

「……追加案件？」

半眼で尋ねれば、彼はとてもいい笑顔を見せた。

「ブランド家は聖騎士の家系だろう？　これはそちらが得意じゃないかなと」

はあっと溜息を吐き、仕事を持ってきた男の手から書類を奪い取る。

ざっと目を通し、イリアスは眉間にしわを寄せた。

「……封印されている魔道具の回収？」

書かれていたのは、これから調査に向かう地方の伯爵家に、何やら怪しげな魔道具があるというものだった。

「周囲に危険が及びそうなものなのか？」

詳細を確認するべく尋ねれば、ロジックスは難しい顔で首を振った。

「それがよくわかっていない。持ち主の伯爵は魔力が低く、銀嶺への参加者も三代前で止まっている状況でね」

詳細はわからないが、該当の伯爵が「危険な物の気がする」と連絡を寄越《よこ》したのだそうだ。

「……もしかしたらその三代前の伯爵が、危ないものだと判断して独自に預かったのかもしれないな」

考えながら推測を話せば、その案に、ロジックスも頷く。

「だとしても、今の伯爵にはその封印を維持する力はない。銀嶺で回収後、対応を考えるから持ち帰るか、場合によってはその場で破壊してくれ」

重々しい物言いに、イリアスは一つ頷いた。

どんな影響を周囲に与えるものなのかわからないし、移動ができないとなれば破壊しかない。

「屋敷にお邪魔する形だから、追加案件の人数は少数に。選定は任せるよ」

「わかった」

今回急遽ねじ込まれた仕事は、廃屋に住み着いているらしい盗賊団の調査だ。

約二週間後にその盗賊団の壊滅の作戦が控えているのだが、今回、彼らに関する最新情報が入った。そのため、喫緊で調査に当たってほしいとイリアスの元に回ってきたのだ。

調査自体は彼らに気取られないよう気を付けながら、廃屋周辺の村や町での聞き込みと、廃屋の張り込み。関係する人間の尾行が主で、自分の副官と、組むことの多い神官一人も参加する。

彼らをロジックスからの追加案件に連れていこうと胸の内で算段しながら、ちらっと回廊の先に視線をやった。

「……なんだかそわそわしてるな、お前」

友人に指摘されて、イリアスはぎくりと身体を強張《こわば》らせた。

「別に」

反射的に即答してしまい、それが更にロジックスの興味を惹《ひ》くことになった。

「これからどこか行く予定なのか？　それとも今回の任務に何か懸念でも？」

「何でもない」

更につっけんどんに答えてしまい、かすかにロジックスが目を見張った。それからにんまり笑うのを見て、イリアスは追及をかわすように別の話題を振った。

「それを言うならお前はどうなんだ。もうすぐ結婚するんだと触れ回ってるらしいが」

気まずい思いをさせてやろうと言ったのに、数度目を瞬いたロジックスが、女性陣には絶対に見せてはいけない……心から幸せそうな笑みを浮かべるのを見て「失敗した」と後悔する。

「わたしとしては今すぐにでも彼女を妻に迎えたいんだが……向こうの妹がうるさくてね。お姉さまの結婚式なんだから絶対にこうだああだと……」

延々と続く言葉の内容とは裏腹に、幸せそうな様子にイリアスは思わず破顔する。

「お前がそんなことで悩む日が来るなんてな」

恋愛ごとに興味などなさそうだったのに。

ほんの少し感慨深く友人を見つめていると、逆にロジックスから意味深な笑みを向けられた。

「ロード・イリアスはそんなことで悩んでいるんじゃないのかな？」

指摘され、う、と言葉に詰まった。

悩んでいる、とまではいかない……と思う。だが、気になる人がいるのは確かだ。

これ以上ここに居たら腹を探られるだけだと察し、イリアスは光り輝く爽やかな笑顔を見せた。

「そうだな。ここで油を売っている場合じゃなかった。新たな任務も下されたことだし、さっさと準備を済ませるよ」

適当に告げてその場を切り上げ、真っ青なマントを翻して大股で歩きだす。

自分の背中を友人がにやにやしながら見送っている気がするが、完全に無視して一路、魔道具製作所を目指した。

(再来週の合同作戦では結構な人数が参加する)

必然的に「彼女」が所属する部署への依頼が増えるはずだ。

魔道具製作所は銀嶺の後方支援機関と言えるが、実際は特殊な魔力の持ち主が集まる場所で、仕事に従事できる人間は少ない。

だが構成員は貴族が多く、「道具なんてすぐ作れる」「すぐに直せる」と思っている節があり、大事に使うことをせずにあっさり破壊してはここに持ち込むのだ。

銀嶺本部が貸し与える道具については無償で直してもらえる、というのも彼らが武器や防具を大事にしない原因の一つかもしれない。

(いや……有償でも金を出せば今まで以上のものがすぐに手に入る、と思ってるか……)

どちらにしろ、修理や新規作成の依頼に対して人が常に足りない部署なのだ。

そのことをイリアスが知ったのは、妹からプレゼントされた護符の修理依頼をしに行った時だ。

十代の頃、聖騎士見習いとして父と二人の兄にしごかれていた時に妹からもらった護符で、可愛らしいウサギのマスコットだった。

掌サイズで、目には貴重な魔石が使用されているそれを、いつも懐に入れて持ち歩いていた。

だがある日の遠征で魔物から一撃を喰《く》らった際に、どうやらその護符が衝撃を受け止めてくれたようでイリアスは怪我《けが》を負わなかった。

代わりにウサギの目が片方、割れてしまったのだ。

捨てるなんて選択肢はないし、かといって片目では可哀想《かわいそう》でイリアスは初めて魔道具製作所を訪れた。

そこで引き受けてくれたのは、青白い顔に、目の下にうっすら隈《くま》を作った銀髪の女性だった。

疲れ切った空色の瞳で自分を見上げた彼女に、イリアスはぎょっとする。

何も食べていないか、慢性睡眠不足か。どちらにしろ健康には見えなかった。

そんな人間に依頼をするのは気が引けると、断ろうとした瞬間、カウンターに置かれたウサギを見た彼女の目が見る見るうちに輝き、その青白い頬に朱が差したのだ。

（……え……）

嬉《うれ》しそうな微笑みを浮かべて顔を上げた彼女が、透き通った春の空のような瞳にイリアスを映し、蕾《つぼみ》がほころんで開くような表情を見せたのだ。


――この子は私が責任をもって元気にしますね。

（あの瞬間……俺はスノウに心を撃ち抜かれた……）

自分のような成人男性が持つのに相応《ふさわ》しくない、可愛らしすぎるお守り。それを笑うでもなく、込められた妹の願いと共に受け入れて、そう言ってくれた彼女に胸が高鳴った。

斜めに顔を横切る乱れた銀髪をそっと避けて、冷たい頬に手を添えて温かくなるまで待ち、艶《あで》やかな唇にキスをする……。

そんな妄想が一瞬で脳裏をよぎり、彼女の輝いた視線が自分ではなく、壊れたお守りウサギに向けられていると知ってようやっと冷静になったのだ。

でなければあの場でキスをしていた可能性がある。

当時の様子を思い出して、身体の中心がざわめく感触にイリアスは慌てて深呼吸をした。

丁寧に直してもらったウサギは今も、イリアスの胸の一番近い場所に陣取っている。妹から貰《もら》った以上の意味を持つそれを大事にしている彼は、物を大切にしない部下や同僚に人知れず苛立《いらだ》ち、たまに食堂で見かける彼女が元気かどうかを確認する日々が続いた。

だが春先から全く姿を見せなくなった彼女に、段々と不安が募っていたあの日、たまたま食堂で見かけたスノウがメニューも見ずにテーブルに伏せった様に心臓が止まりそうになった。

慌てて駆け寄り、大丈夫かと声をかけたかったが、のろのろと身体を起こした彼女が呆然と窓の外を眺める様子に踏みとどまった。

ほぼ接点のないイリアスから「大丈夫か？」と声をかけられても、きっと彼女は「大丈夫だ」と答えるだけだろう。それなば、せめて心配している人がいるということだけでも伝わればと、クリームシチューとパン、デザートにチョコレートドームを頼んだのだ。

（美味しそうに食べていて、それはそれで安心したが……）

以降、やっぱり彼女を食堂で目にしない。

大規模合同作戦の件もあるし、食堂での彼女が未《いま》だ顔色が悪かったので、スノウの現状を把握したくて仕方のなくなったイリアスは、銀嶺の敷地の端にある魔道具製作所に押し掛けることにしたのだ。

ロジックスから指摘された「そわそわしている」のを自覚しながら石畳を急いでいると、道の向こうから、派手に言い合いをしながら三名の令嬢がやって来るのが見えた。

慌てて近くの木立に身を潜める。

（今日の調査の参加者だな……）

彼女たちは今日の調査にイリアスがいること、そのイリアスに見初められようと様々な計画を立てていることを口々に話していた。互いにけん制しあっているようだが、当のイリアスはひきつった笑みを浮かべることしかできなかった。

浮ついた気持ちの人間がいるのが気に入らない。そんな人間にできることなど限られている。

しかも、彼女たちはあろうことかスノウに無茶を要求したらしい。

ぐ、と拳《こぶし》を握り締め、彼女たちがいなくなるのを見計らってからイリアスはスノウに会いに製作所へと急ぐ。

ポケットには甘いお菓子が常備されていた。

スノウは普段この建物の中にいて、外に出てくる時間はバラバラだ。待ち伏せでもしない限り彼女に会えない。

疲れ切ったスノウが、時折食堂で甘いものを頼んでいるのを見て、少しでも癒《いや》しになればとイリアスは甘いお菓子を買う機会が増えていた。

出会った時に渡そうとそう考えていたのだ。だが彼女は神出鬼没で必ず会えるわけではない。

そのため、いつでも渡せるようにと、毎日新しいお菓子を食堂で買うのが日課になってしまっていた。恐らく食堂の職員に、ロード・イリアスは無類の甘いもの好きだと思われているだろう。

でもそのおかげで新作ができればいち早く教えてもらえるし、手っ取り早く糖分が補給できるお菓子に助けられたことも多々ある。

(とにかく今日は訪ねて行って直接これを渡そう……)

少しでも癒しになれば、とスノウを訪ねたイリアスはやはりというかなんというか、無責任な部下の無茶な要求を知って苛立ちを募らせた。

無事にお菓子を渡すも、寝ていない様子に今すぐベッドに押し込みたい衝動を堪えてどうにか工房を後にする。

とっとと任務を終わらせて様子を見に戻ろう……。

そう心に決めてイリアスは集合場所へと急ぐ。途中、中庭に併設されているカフェで優雅にお茶を楽しむ依頼人を見かけて、彼女たちに対する評価が下がるのを覚えた。

こちらに気付かれるのも面倒で視線を引き剥《は》がし、彼は淡々と準備を進めた。

ほんの一時でもスノウに安らかな時間が訪れてくれることを祈りながら。

（私って優秀すぎない……？）

急遽依頼された腕輪と弓とネックレス。それをしっかりと時間内にこなしたスノウに、三人はあろうことか「予定通り護符も寄越せ」と冷ややかな態度で告げてきた。

今回の件で納期が延びることは了承したはずで、契約にも書いてあると何度も言うが、彼女たちは全く話を聞かず、「取りに行くから」と「時間が無い」だけを繰り返して去っていった。

寝ていない中、修理に集中したせいで募った精神的疲労と彼女たちとのやり取りで頭痛が爆発し、スノウはその日、夜までダウンしてしまった。

翌日から護符と他の依頼品に取り掛かったのだが、新たに締結した遅めの納期で収めようとしたのところ、最初の納期で終わらせてしまっていた。

スノウがここ数日、鬼気迫る様子で工房に詰めていたのを見ていた同僚が、ふらふらしながら出てきた彼女に憐《あわ》れんだ視線を送る。

事務員たちが出勤してくる時間だが、今から帰る修復師は結構いる。

丁度出勤してきたメイに、多分今日取りに来るはずだからと商品を渡し、気の毒そうな彼女の視線を背中に浴びながら、もう絶対に帰るとスノウは心に誓った。

「お疲れ様」

不意に廊下の奥から声をかけられ、彼女はのろのろと振り返った。

視線の先に、ふわふわした栗色の髪と、やや眠そうな垂れ目の男性が立っていて、スノウは疲れ切った顔でお辞儀をする。

「所長……お疲れ様です」

魔道具製作所の所長でスノウの上司、ウエイクフィールド伯爵が彼女の顔色を見て眉間にしわを寄せた。

「レディ・スノウ、昨日は何時間寝た？」

腕を組んで言われ、彼女は目を瞬く。

「……えっと…………………」

椅子に座り込んで意識を喪失していたのは睡眠時間に入るだろうか。

考え込んでいるうちに、ぐらり、と身体が傾く。慌てたウエイクフィールド伯爵が彼女の肩を押さえ、溜息を吐いた。

「……ほぼ寝てないな」

「すみません」

うう、と呻《うめ》き声《ごえ》をあげて姿勢を正す。スノウの瞳を覗《のぞ》き込《こ》んで伯爵が呆《あき》れたように告げた。

「しばらく休め。仕事は調整しておく」

「ありがとうございます」

お礼を言って姿勢を正すもそれも一瞬で、身体を斜めにしてふらふらと歩きだすスノウに見かねた所長が「馬車を用意しようか」と声をかける。だが気付けばスノウは、「運動不足なので」と微妙にずれた回答をしていた。

そのまま私物の大きな鞄《かばん》を斜めにかけ、建物正面の庭に出た。

と、その小道を歩いて来る人がいる。彼女は眠さに耐えながら軽く挨拶をして通り過ぎようとした。

「あら、どこに行かれますの？　休憩？　出勤してすぐ休憩とは……楽なお仕事ですわね」

その瞬間、鼻で笑われてスノウは虚《うつ》ろな眼差しで振り返った。

（げぇ……）

そこにいたのはダイアナ・ルーベンスだった。

ぼろぼろのスノウとは全く違い、彼女は午前中の日差しに美しい金髪を光り輝かせ、疲労とは無縁の健康そうなピンク色の肌を晒《さら》している。

ブロード侯爵令嬢でもある彼女は魔道具研究所では有名だ……――いい意味ではなく。

無理な納期の注文はもちろん、他の依頼を押しのけて自分を優先しろと言い張る。手順的に難しい効果の付与を依頼しておきながら対価が高すぎると文句を言ったり……とにかく関わり合いになりたくない存在なのだ。

スノウがよれよれのクリーム色のドレスを着ているのと対照的に、白黒の縞模様《しまもよう》が特徴的なデイドレスを着た彼女は、豪奢《ごうしゃ》に結い上げた髪を弾ませながら嫌味《いやみ》を言う。

「わたくしの依頼品はどうなりまして？」

つんと顎を上げて訴える彼女に、スノウは顔面に半笑いを張り付けた。

申し訳ないがスノウの担当品ではない。

「……中の受付で確認してください」

なるべく丁寧に答えて目礼し、その場を通り過ぎようとする。対してダイアナは、着け睫毛《まつげ》でばっちり縁取った瞳を大きく見開き、赤い唇を「まあ」というように丸く開いた。

「あなた……普通こういう場合は中まで案内して取り次ぐものでしょう？」

（え？）

驚いて顔をあげると、「信じられませんわ」という表情で彼女がこちらを見下ろしていた。

「依頼人を放っておいて、あなたはさぼろうというのかしら？　これだから使用人は」

（……使用人じゃないし）

自分が依頼人だから、という理由で製作所の職員を下に見る貴族はそこそこ存在する。彼らは「仕事を依頼してやった」のだから、感謝を示せと態度で示してくる。

だが代金を払って依頼の品を作るのだから、そこに立場の上下は存在しない。

苛立ちを抑え込み、スノウは張り付けた笑顔がはがれないように祈りながら答えた。

「……所長のウエイクフィールドが出勤してますので、ご不満があるのなら彼にどうぞ」

上司の名前を出したことで、ダイアナが若干怯《ひる》むのがわかった。

そのまま会釈をして通り過ぎようとして、強い力で二の腕を掴まれる。

振り返ると、ぎらぎらした眼差しでこちらを睨む彼女がいて、一体なんでこんなに絡まれるのかと、スノウはどこかでぼんやりと考えた。

「ならさぼってないであなたも来るべきでしょう？　それとも、伯爵様に告げ口されるのが嫌なのかしら？　ここで朝からさぼってますって」

勝ち誇ったような笑みを浮かべるダイアナに、どんどんうんざりしていく。

「……私は今、退勤して帰るところなんですケド」

低い声でぼそりと零《こぼ》せば、は、と短く彼女が笑った。

「嘘《うそ》おっしゃい。みなこれから出勤のはずよ？　これから帰るなんて……あなた、何時間勤務したわけ？　三十分？　十五分？」

馬鹿にしたように続けるこの女の、頭をかち割って覗いてみたい。

どうせ藁《わら》しか詰まってないんだろうけど。腐りかけの。

「……もういいでしょうか。私、帰るんで」

「よくないわよ。お客様を放置する気？」

すでに体力も気力も限界で、さらには耳元で金切り声を聞かされたせいで頭痛が始まっている。

ぐいっと強引に引っ張られ、足が縺れるも踏ん張る力もなく、スノウはべしゃり、と石畳に両手両膝を突いて倒れ込んでしまった。

鋭い痛みが膝と掌に走るが、それよりも先に目の前がふわりと霞《かす》み、このまま石畳の上に倒れて寝てしまおうかという思いが過る。

（そうだ……そうしよう……この馬鹿女に突き飛ばされて頭を打って気絶したことにしよう……）

掌が触れる石畳はぽかぽかと温かく、まだこの時間は身を焼くような暑さもない。夏の心地よい朝の空気の中、この場で行き倒れるのがそんなに悪いこととではなく、むしろ推奨される事態だとスノウの鈍った思考がはじき出し、彼女が頬を緩ませると目を閉じた。

「ち、ちょっと⁉」

動揺もあらわなダイアナの声が聞こえるが、知ったこっちゃない。

（おやすみ……）

嫌なこともめんどくさいことも全部忘れて眠りに付こうとして。

「レディ・スノウ！」

遠くで名前を呼ばれた。

そのまま近寄って来る慌ただし気な足音と、ほぼ同時に抱き起され、落ちていたスノウの瞼《まぶた》が持ち上がる。

（……わあ……）

きらきらした朝の日差しと、真っ青な空。それを背景にこちらを覗き込むイケメンに、スノウは目を細めた。

とにかく……眩しい。

「大丈夫か？　どこか打った？　怪我は？」

矢継ぎ早に聞かれるが、疲労とストレスと頭痛でスノウの思考は全く動かない。

（綺麗な金髪……それと吸い込まれそうな……海の色の瞳だ……）

濃い蒼の瞳がすぐそばまで迫り、ゆらゆらゆれる。奥に銀色の輝きを見たような気がするスノウは思わず彼の頬に手を伸ばしていた。

（こんな綺麗で神秘的な宝石があったら……きっと素敵な道具が作れそう……）

ふっと、やや温度の低い頬に指先が触れる。途端、彼女を抱き起すイケメンの身体が強張った。

（……ん？）

身体を支える彼の腕が震えたような。

次の瞬間、くるりと視界が変化した。イケメンが消えて見えていた世界が「高く」なる。

五秒後に彼に抱き上げられたのだと気付き、心のどこかがざわめくが、驚愕《きょうがく》に目を見張るダイアナが目に飛び込んできた瞬間、スノウは全疑問をシャットアウトした。

（うん。考えないようにしよう）

それに、抱える腕が温かくて心地よい。

（そうだ……頭を打ったことにして……銀嶺の医療機関に運んでもらおう。その間、気絶したことにして寝ればいいいし）

すでにスノウの思考は限界を迎えている。

それゆえに、低く呟《つぶや》くイケメンの言葉の意味も、半分以上スノウの頭に入ってこなかった。

何かとめんどくさい女、ダイアナとのやり取りが繰り広げられているが、スノウはゆっくりと目を閉じそのまま彼の腕に身をゆだねた。

次に目覚めた時、視界に飛び込んでくるのは医療機関の真っ白な壁と、白い魔法燈だろうなとそう考えながら……。

◆◇◆

「……レディ・ダイアナ。君はここで何をしている」

疑問形でもない、低く感情の滲まない声で尋ねれば、ぎくりとダイアナが身体を強張らせた。

突然現れたイリアスに、彼女はどうにか唇に笑みを浮かべ、膝を折ってお辞儀をする。

「おはようございます、イリアス卿《きょう》」

次に顔を上げた時にはふわりと清楚《せいそ》な笑みを浮かべていた。

媚《こ》びるようなその仕草に、イリアスは目を細めた。

彼女とは一度任務で一緒になったことがあるが、目の前の対応すべき事柄ではなく常にイリアスの行動にばかり目を光らせていて苛立った記憶しかない。

対してダイアナは、たまたま放った攻撃がイリアスを助けたことを誇張し、自分こそがイリアスの命の恩人だと方々に言いふらしているようでいい迷惑だった。

「先程始業を告げる鐘が鳴っていたはずだが、どうしてここにいる？」

余計な感情を持たれては困ると冷ややかな声で言えば、はっと短く彼女が息を呑んだ。だが次の間には艶やかに微笑んでいた。

「ここで注文していた護符を受け取ってから執務室に向かっても十分に余裕がありました。ですが、そこの職員が出勤するや否やさぼろうとしているのを見かけて注意しましたところ、口論になってしまって」

ふう、と溜息を零したダイアナが、計算された仕草で頬に片手を当てて首を傾げて見せる。

その彼女からゆっくりと視線を逸らし、イリアスは自分が抱える存在を見遣《みや》った。

腕にかかる重みは信じられないほど軽いが、それがほんの少し重量を増したように思える。気を失ったのかと視線を落とせば、疲れ切った顔色のスノウがゆっくりと呼吸をして眠っているのが見えた。

ほっと胸を撫《な》でおろすと同時に、ダイアナに腕を掴まれた彼女が振り回され、倒れ込む様子を思い出し、再び腹が立ってくる。

どす黒く身体の内側を巡る怒りをなるべく面に出さないよう、イリアスは冷静な仮面をかぶってダイアナを見た。

「口論だと君は言うが、わたしにはそうは見えなかった」

硬い声でそう告げれば、微笑む彼女の口の端がぴくりと強張る。

「わたくしの忠告を無視してそのまま出て行こうとしたので、掴んでしまいました、マイロード」

猫なで声で「自分は悪くない」を主張するダイアナにどんどん感情が黒に染まっていく。

これ以上、ダイアナの言い分を聞いていても気分が悪くなるだけだと判断したイリアスは、倒れ込むスノウを抱え直した。

密着するスノウを大切にするイリアスの様子に、目に見えてダイアナの顔色が悪くなる。その彼女をひたりと見据えた。

「君は彼女がさぼろうとしていると言っていたな？　だがこの製作所では我々のように通常業務がな

い」

遠征や市街地での犯罪捜査の際は、自分の裁量で勤務時間を決めることができるが、それ以外、通常の書類仕事をする際には、銀嶺の施設職員と同様、朝から夕方までの定刻勤務が適用される。

だがここ、魔道具製作所では緊急案件や作業の難易度から残業になる場合が多いため、裁量勤務が通常から適用されている。

つまり。

「彼女はついさっき退勤して、これから帰るところだったはずだ」

（オーバーワークのせいで）

彼女に無茶な注文をしていた者たちを思い出し、唇を噛《か》む。

しおらしく俯《うつむ》いたダイアナが、ぎゅっと両手を握り締める様子に、イリアスは低い声で釘《くぎ》を刺した。

「本当に彼女がさぼっていたと思うのなら受付に聞いてみればいい。きちんと教えてくれるだろう」

踵《きびす》を返し、彼はスノウを連れて敷地を出た。

追いかけてくるかと思ったが、意地でも自分の非を認めたくない彼女が受付へと消え、それを背後に感じて溜息が出た。

（サマースウェイトと会議の予定だったが……途中でスノウを見つけられてよかった）

まさかスノウが出てくるとは思わなかったし、彼女が倒れてしまったことが悔しくて仕方ない。

（見つけられただけよかったということかな……）

そのまま医療機関に運ぼうとして、ふとイリアスは足を止めた。

彼女を銀嶺の医療機関に連れて行ったところで、栄養剤を点滴されて帰されるのがおちだ。その後彼女はどうするのだろか。

（また仕事を抱え込んで……食事もとらずに作業所に詰めるんだろうな）

再びスノウの様子に視線を落とす。

乱れた銀色の前髪が顔を横切り、引き結ばれた唇は色を失っている。元から白い肌はすっかり蒼ざめ、腕にかかる重みは羽のように軽い。ひんやりして、体温を感じないスノウに、イリアスは胸が苦しくなった。

（このままじゃだめだ）

寝食をどうしているのか。健康的な生活をしているのか。食堂では栄養のなさそうなスープとパンばかり食べていたが今はどうなんだ……。

ぐっと顎を上げ、イリアスは意を決して歩きだす。途中、目を丸くした自身の副官を見つけて、サマースウェイトに会合は午後からにしてくれと伝言を頼む。緊急事態だからと副官には説明をして、イリアスはスノウを抱えたまま銀嶺の敷地を出ると自家の馬車へと乗り込んだ。

そうして彼女を自分の屋敷へと連れ帰ったのである。

◆◇◆

深い海の底にずっと沈んでいたかのように、長い間まどろんでいたスノウは、ゆっくりと浮上する意識の端でふと「静かだな」と考える。

領地を離れて暮らすスノウだが、他の貴族の構成員のように街屋敷《タウンハウス》を持っていない。そのため、銀嶺の施設職員や片手の指で足りる程度の平民出身の構成員と同じように寮で生活をしていた。

銀嶺の外郭近くで人の出入りが激しい場所に作られているため、食料や物資の搬入で朝から騒々しく、人の声がよく聞こえるのだ。

だが今日は全く聞こえない。

どころか窓の外でさえずる小鳥の声が聞こえてきて、スノウは瞼を閉じたまま心の内で首を傾げた。

そうしてゆっくりと思い出す。

(ああ……そうか……私、倒れたんだった……)

皆が銀嶺に出勤してくる時間に寮に帰ろうとしたところ、会いたくない人間に遭遇した。

ダイアナのキンキン声を聞いたせいで頭痛と眩暈《めまい》が発生。更には強引に引っ張られて倒れ、結局起き上がれず、急激に襲い来る睡魔にまかせてそのまま意識を失ったはずだ。

(……銀嶺の医療施設って静かな所にあるんだな……)

夏の生ぬるい風がふわりと頬を撫で、緑の香りがする。

(もう少し……もう少し寝よう……)

再びまどろみの中に沈みかかった瞬間、扉の開く音がした。誰かが入ってきたようだ。

(……ベッドを開けろって……起こされるのかな)

どれくらいここで寝ていたのか全くわからない。鳥の声がするから昼間のようではあるが、丸一日寝ていたのか、それとも今が夕方なのか判断がつかない。

それでも起こされるまで寝ていようと、スノウは柔らかな掛け布の中で丸まった。

ふと、ベッドが軋《きし》み、かすかに身体が傾く。洗い立てのシーツの香りとは違う、どこか爽やかな柑《かん》橘《きつ》系《けい》の香りがして、スノウは部屋に入って来た誰かが自分を見下ろしているのだと悟った。

（……狸《たぬき》寝入りがバレたかな……）

気まずさから唇がむにゅむにゅ動きそうになるのを堪え、ひたすら眠ったふりをする。この柔らかく、肌にひんやりするシーツから離れたくない。

少しでも長く睡眠をむさぼりたくて規則正しい呼吸を心掛けていると、不意にひんやりした物が頬に触れて、びくりと身体が震えてしまった。

（しまった⁉）

はっと短く息を吸う気配を感じ、ベッドが大きく揺れる。

流石に寝たままではいられず。スノウはゆっくりと目を開けた。

（眩しッ……）

唐突に目に飛び込んできたのはキラキラと光り輝く金色。それから白と柔らかな黄緑色で統一された明るい内装と……。

（……あ……）

夏空を写す海のような、綺麗な蒼の瞳。

驚いたように目を見張る端正な顔立ちと、そこをやや乱れてさらりと横切る金髪。惚《ほ》けたような表情だが、それでも絵に描いたようなイケメンぶりに、スノウは思わずため息を吐いた。

多分これは夢だろう。

そうでなければ。

「なんでイリアス卿がいるのかわからないもの」

かすれた声でそう呟くと、幻影か夢の中の登場人物の彼がかすかに目を見張った。

「……レディ・スノウ？　大丈夫か？」

恐る恐る声をかけられ、スノウはとろんとした眼差しのまま病室にいるイリアスに首を傾げる。

「多分……大丈夫じゃないかも」

なんで彼がいるのか全くわからない。

最後にイリアスを見かけたのはいつだったか。

「何？　どこか痛いとか、気持ち悪いとかある？」

耳に心地よい、低く甘い声が焦ったように告げる。半分だけベッドに腰を下ろしている彼が、ゆっくりと身体を倒し、そっとスノウの額に触れた。

先程頬に触れたのと同じ、ややひんやりとした温度を感じてスノウは目を細めた。

自分に触れられる感触がある夢幻《ゆめまぼろし》があるなんて、初めて知った。イリアスの体温が気持ちよくて、
スノウはかすかに掌に額を押しつけた。

「気分は……悪くないです。ただ……どうしてイリアス卿が私の夢に出てくるのか……それがわからなくて……」

最後に会ったのはいつだったか……。ああそうだ、お菓子を貰った時だ。甘くてサクサクでほろほろしてて……。

「……夢？」

かすかにイリアスが首を傾げる。それから額に押し当てていた手をそっと外し、今度はスノウの頬に触れた。ゆらゆら揺れる視界に、彼の端正な顔が大写しになった。

「これは夢ではないよ、レディ・スノウ」

ややしっかりとした声が耳を打ち、それでもまだスノウは首を振る。

「いいえ、夢ですよ、イリアス卿。そうじゃなきゃなんで病室にあなたがいるんです？」

辻褄《つじつま》が合わないだろう。

そう得意げに返せば、彼が苦笑した。イケメンは苦笑でも絵になる。

「それはここが病室ではなくて、俺の家だからだ」

（…………ん？）

今、なんと？

「昨日の朝、レディ・ダイアナの目の前で倒れたことは覚えてる？　そこを……通りかかった俺が目撃したことは？」

（…………んんん？）

「そのあと、医療機関に連れていこうかと思ったんだが……君、ちゃんと栄養取ってないだろう？」

淡々と続く話の内容に、ぼんやりと霞《かすみ》みがかった意識が追い付かない。

必死に考えをまとめていると不意に、目の前のイリアスが動き、スノウの額にふわりと彼の前髪が触れた。

甘い吐息が彼女の唇を掠《かす》める。

「大丈夫か？　俺が夢でも幻でもなく本人で、今すぐそれがわかることでもしてみせようか？」

ふっと、イリアスが笑うのがわかった。

じわり、と鈍っていたスノウの思考に焦りが兆し、このままではダメなのでは⁉　と胸の裡《うち》で警鐘が鳴り響く。

近すぎて焦点の合わないイリアスを見つめているうちに、スノウは段々と目が覚めていく。

その彼女の双眸《そうぼう》を覗き込んでいた男が、不意に短く息を吸うと、かすかに触れるようなキスを……唇の端に落とした。

柔らかく熱く……しっとりした感触。

「⁉」

その瞬間、思考も視界もあっという間にクリアになり、死んだように敷布の上に落ちていた手が瞬時に彼の胸を押した。

黒のすべすべした絹製のウエストコートとその下の真っ白なシャツ。触れた手が熱く、動揺したスノウは大急ぎで身を起こした。

身体を上掛けが滑り落ち、自分が上等なシルクのナイトウエアを着ていることに仰天する。

「……な……あ……」

口をパクパクさせ、不安から傍《そば》にあった枕を抱き寄せるスノウを、半分ベッドに腰を下ろしたままのイリアスがじっと見つめ、それから空気が全て新鮮になる様な、爽やかな笑みを浮かべた。

「おはよう、レディ・スノウ」

「…………お……はよ……ござ……います？」

思考が目まぐるしく起動を始め、立派な調度品やふかふかのベッドが医療施設なわけが無いと弾き出す。

ではここは一体……？

「……家……そうだ、家だ。こ、ここ、ここはイリアス卿の……お屋敷？」

伺うようにそろっとイリアスを見上げれば、彼は一瞬たじろいだような表情をした後、ベッドから立ち上がり完璧な礼を取って見せた。

「そうですよ、レディ。ここは我がレドナ公爵家の街屋敷《タウンハウス》です」

（ひぃいいいいえええええ……！）

あわあわとシーツの海を這《は》い出《で》て、ベッドから下りようとする。だがすべすべしたシルクが足に絡まりなかなか前に進めない。それでもここで寝ているわけにもいかず軽い上掛けの下でもがいていると。

「ちょっと落ち着いて」

ぐっと肩を掴まれぽすん、とふかふかのベッドに押し戻された。

半分身を乗り出したイリアスが上からスノウを見下ろす。

「さっきも言ったけど、君は約一昼夜、死んだように眠ってたんだ。唐突に動くのはよくない」

身体に力を込めて押し返そうとするが、流石は聖騎士だ。びくともしない。

ううう、と不可解な呻き声をあげて見上げていると、ふっとイリアスの蒼の瞳が揺らぐのが見えた。

「大人しくしてないと、またキスするけど？　今度は本気で」

さらりと……でもどこか痺《しび》れるような甘さを込めて言われた台詞《せりふ》に、スノウの胸が一拍強く鳴る。

かあっと頬に血が集まるのを感じながら、ぱっと両手を敷布に落として力を抜く。

がくがくと頷くと、ちょっとだけ微笑んだイリアスが彼女の耳元に唇を寄せた。

「いい子だね」

耳から吹き込まれた甘すぎる言葉に、ぞわぞわぞわっと首から腰へと鈍い疼《うず》きが走る。ぎゅっと身体の芯が痛み、心臓の鼓動が更に激しくなった。

唐突に真っ赤になったスノウからゆっくりと身を引き剥がしたイリアスが、やけに楽しそうにこちらを振り返った。

「今から食事を持ってくるから、ゆっくり休んでて」

イケメンにしか許されない、笑顔で片目を瞑《つぶ》る動作を間近に浴びて、スノウの魂が口から出かかる。

ぽかんとする彼女を残し、イリアスは長い脚で大股に部屋を横切ると、とても静かに扉を閉じて去っていった。

その後、ややしばらくして。

「…………なに、今の」

どっと全身から力が抜けた。ぼんやりと装飾の美しい天井を見上げてまとまらない考えをまとめようとする。

どうやらここはイリアス卿が保有する街屋敷で、倒れたスノウを彼が助けてくれたようだ。しかも医療機関へと連れていくのではなく自宅に連行してきた。

(……栄養失調とか言ってたな……そういえば)

それから一昼夜眠っていたと。

(つまり……今日は何日?)

ぐるぐると天井が回って見える。丸一日眠っていたというのなら、一般的な出勤時刻に倒れたから午前中の早い時間ということになる。

(イリアス卿はお仕事じゃないのかな……)

ああでも、一昨日まで遠征だったのだから……代理休暇とかいうやつだろうか。

何がなんだかさっぱりわからない。目が覚めた所為《せい》で空腹も感じ始めている。それと同時にエネルギーの足りない脳で何かを考えるのが無意味だということも思い知った。

現在、全く考えがまとまらないのだ。

(まあ……いいか。ここで寝ている事実はもう変えようがないもの)

すでに一日、このベッドにお世話になっているのだ。ならもう、今自分が大急ぎでここを抜け出そうとしても無意味だろう。

そうと決まれば、とスノウは再び目を閉じた。全身から力を抜き、先程のまどろみへと手を伸ばす。

一体なぜ自分がここにいるのか……それは食事を持ってきてくれた人に聞いてみればいい。

なるようになれ、とどこかやけっぱちでうつらうつらするスノウは、食事の乗ったカートを押して給仕に現れた存在が、この屋敷の主なことに再び仰天するのであった。

◆◇◆

（み……見られている……）

ベッドに座るスノウの前に、イリアスはトレイを置くと手際よく皿と食べ物を載せていく。

ほわほわと湯気を上げるパン粥《がゆ》にホウレンソウとジャガイモのチーズ焼き。細かくカットした野菜のスープに冷製肉数枚とトマトとバジル、そしてオレンジとりんごだ。

ゆっくり噛んで食べるように、と厳命したイリアスはそのまま椅子を引きずってくるとベッド脇に腰を下ろし、じっと食べるスノウを観察している。

自分の屋敷で怪しい動きをしないよう見張っているのかと思ったが、それなら連れてくる意味がわからない。

では何のためにスノウの一挙手一投足を眺めているのかはなはだ疑問だ。

「…………あの」

緊張とよくわからない居心地の悪さから、スノウはそっと切り出した。

「何故……私をここに？」

脳に栄養が回り始めると、根本的な疑問が湧いてくる。

伺うように彼を見上げれば、長い脚と腕を組んで座っていたイリアスが、ふむ、と顎を押さえながら答えた。

「倒れた君を介抱した際、あまりにも身体が軽くて驚いたんだ」

意外過ぎる答えがきた。

銀のスプーンを持ったまま「へ?」と間抜けな声を上げると彼が溜息を吐く。

「顔色も悪いし、ちゃんと食べてないことは明々白々。もし君を医療機関に連れて行ってもせいぜい寝かせて点滴を打って終わりだと思った」

それは……そうだろう。

こくり、と頷くとイリアスがすっと目を細くした。

「最後に食べたものが何か、言える?」

「え?」

唐突に質問されて、スノウは目を瞬く。じっと膝に置かれたトレイを見つめながら、スノウは最後の食事を思い出そうとした。

「えっと……」

本当に思い出そうとした。

「……………ええっと…………」

頑張った。超、頑張った。

だが。

う～ん、と目を伏せて唸《うな》った後、彼女はへらりと笑って見せた。

「覚えてないです」

「だろう？　だから放っておけなかった」

間髪容《い》れずに言われて閉口する。

確かに……確かに最後の食事がいつで何を食べたかは覚えていない。ただ夢中で流し込んだ印象しかないのだ。

「で、でも……仕事が終わったらちゃんと食事をとるつもりでしたよ？」

恐る恐る告げれば、眉間に一本、皺《しわ》を刻んだ笑顔を向けられた。

「では何を食べるつもりだったのか聞かせてもらおうかな」

疑問形ではなく断言されて、ぐっと唇を噛《か》み締《し》める。

「……な、なにって……」

もし斃《たお》れなかったら寮に戻って死んだように眠っただろう。それから目を覚まして銀嶺の食堂に向かう。メニューから選ぶのは……。

「コンソメスープです」

食堂の一番値段が安いスープだ。

「それから？」

笑顔で問われる。

「…………パンですね。白い、二個つながったやつ」

これはどのスープにもコイン一枚プラスで付けることができるものだ。

「あとは？」

ううん、と唸《うな》り声《ごえ》を上げた後、給料日前だということを思い出しゆっくりと首を振った。

「以上です」

「全く足りてないだろう！」

途端、声を荒らげられて、スノウは目を見張った。代わりにイリアスが力説する。

「コンソメスープなんて、申し訳程度の野菜の切れ端しか入ってないだろ！　他には？　疲労回復に魚とか肉は⁉　良質な睡眠をとるための野菜類は⁉」

立ち上がり、肩を掴まれ覗き込まれる。今にも噛みつかれそうなイリアスの様子に、やや身体を引いたスノウがごくりと喉を鳴らした。

「お、お給料が出たら今すぐにでも」

「……君も他の職員同様、個人依頼を受けていなかったか？」

ふと思いついたように言われ、こっくりと頷く。

「はい」

「その料金は？」

脳裏に例の三人の姿が浮かぶ。彼女たちからの報酬は現時点で未払いだ。

うろ～っと視線を泳がせるスノウに、イリアスは唖然《あぜん》とした表情で天を仰ぐ。

「嘘だろ」

「あ、あの！　受け持っていた依頼品は今日が納品日なので――」

「その前に何か直してただろう⁉　俺が尋ねた日だ！」

急ぎの品のことだ。

「あ、あの時は……出立時刻が迫っているから……三人とも帰ってきたらお支払いしますって」

もごもごと口の中で告げればスノウの肩を掴む手に力がこもる。

「い、痛いです、イリアス卿」

だが、聞こえていないのか彼はわなわなと身体を震わせて低い声で零す。

「駄目だ……これ以上は見過ごせない。今すぐ代理で製作所に向かう。それしかない」

「あ、あの？」

「スノウ、君は良い人すぎる！」

力説し、イリアスが真剣な眼差しでスノウを見た。唐突に敬称無しで呼ばれてどきりと心臓が高鳴るが、それに気付いた様子もなく彼は続けた。

「個人依頼はまずは身銭を切って修復なり制作なりした後に、諸経費と共に相手に請求するんだと聞いている。つまり、君は現状、自分の手持ちで材料費を払い、まだ依頼料と経費を受け取っていないということだろう？」

その通りだ。

なので、時折スノウの手持ちがなくなることがある。銀嶺専用の銀行があるが、そこで下ろすにも手続きが煩雑で、ならばと依頼料が入るまでは野菜のきれっぱしで誤魔化すことも多々あるのだ。

更に、構成員のほとんどが貴族なことも金銭問題が解決しない原因となっている。

彼らが自ら現金で支払うことはない。小切手帳にサインするだけなのだ。それをあとから清算するのは家の管財人。それに、自分の手持ちが減るという経験もないだろう。

そうなってくると、今すぐ日銭が欲しい庶民派貧乏子爵家のスノウが振り回されることになる。

高位貴族と違い、小切手帳も持ってないスノウは、できる限り現金での即支払いを希望するのだが依頼人たちは……。

「やはり、君には俺が必要だ」

彼女の肩から手を離し、背筋を伸ばすイリアスが何かを考え込みながら立ち上がる。そんなイリアスの言葉に目を白黒させながらスノウが尋ねた。

「……あの……今、なんて？」

レドナ公爵家の子息であり、聖騎士隊の一人でもあるイリアス・ブランドが……スノウに必要？

「君には俺が必要だと言ったんですよ、スノウ」

同じ台詞が帰って来た。

栄養が補給され、脳が回転を始めたところだが、「そうだ、そうしよう」と一人頷くイリアスの思考だけは理解できない。

「あの……イリアス卿？」

必要とはどういう意味なのか、それを確認すべく切り出せば。

「取《と》り敢《あ》えず堅苦しいのは抜きにしてくれないかな、スノウ」

「い、いや無理です。私はしがない子爵令嬢でイリアス卿は公爵家の三男――」

「そうと決まれば、まず魔道具製作所に出向いて依頼料の件について話し合わなくては」

スノウの話をまったく聞かないイリアスに、彼女は溜息を呑《の》み込《こ》むとパン粥に手を付けた。

(とにかく……イリアス卿の言葉は置いておいて、食べたら帰らなくっちゃ)

しばらく休めと言われたが、それこそ料金や他の依頼品についての確認もある。明日には出勤しなくては、と考える。

栄養に関しては……仕方がない。これから銀行に行って煩雑な手続きの果てに現金をゲットしてくるか。

冷製肉とトマトを、玉ねぎのソースに浸して口に放り込みながらイリアス卿にだいぶ迷惑をかけたなと反省する。

まさか連れ帰ってくれた上にご飯までご馳走《ちそう》してくれるとは。

(何かお礼をしなければいけないかな……)

食事の最後に剥《む》いたオレンジを口に放り込んで、スノウは未だ何やら思案するイリアスにひとまず声をかけた。

「取り敢えず元気になりましたので、帰ります」

あっさり告げて、きょろきょろと室内を見渡す。

自分が着ていたよれよれのクリーム色のドレスを目視で探すのだが、見当たらない。

「あの……私のドレスは……？」

スノウの言葉に不可解な表情で彼女を見下ろしていたイリアスが、顎に拳を押し当てたままこてっと首を傾げた。

「今、新しいのを手配中だ」

……――え？

「今日の午後には届くはずだ。何着かあるが、全て俺の独断で選んでしまったから……気に入ってもらえるかどうか」

にこっと微笑まれて、思考がはじけ飛びそうになる。だが、話された内容は決して……決して容認できるものではない。

「あ……あの？　……ドレスが……届く？」

動揺し、震える声で尋ねれば、イリアスがゆっくりと歩み寄り、腰をかがめると頭頂部にキスを落とした。

「⁉」

ぱっと頭に手を当てるスノウに、彼は空気を清浄する笑顔のままトンデモナイことを宣《のたま》った。

「きっと似合うと思うから、晩餐《ばんさん》の時に見せて」

そのまま するっと頬を指でなぞられて、触れられた部分が熱くなる。

「楽しみにしてる」

甘やかに耳元で囁《ささや》かれて鼓動が再び速くなり、スノウはにっこり笑って去っていくイリアスを呆然と見送った。その後、ぱっと彼が触れた頬に掌を押し当てた。

(な……何⁉　一体何を言ってるわけ⁉　ていうか……)

似合うってドレスが？　晩餐の時に見せる？

(楽しみってどういうこと⁉)

まったく意味のわからない単語が脳内をぐるぐると巡り、スノウはぎゅっと目を閉じた。だが瞼の裏にはたった今見せつけられたイリアスの輝くような笑顔があり、騒がしい鼓動は全然静まってくれない。

(落ち着け……落ち着け……彼にとってはあれくらい社交辞令で言えるんだから……)

無理やり思考を落ち着かせ、でもどこかふわふわした気分のまま食事を続ける。

そうこうするうちに、イリアスが去った数分後に沢山の箱を持った使用人が押し寄せ、あっという間にクローゼットをドレスでいっぱいにし始めた。

「あ……あのッ」

シルクのナイトウエアだって着慣れないのに、色とりどりで形も様々なそれに圧倒される。

慌てて手近にいた、ピンクの唇が可愛らしいメイドを捕まえて「私の着ていたドレスは⁉」と尋ねると、彼女は不思議そうな顔をした。

「ご主人様《マイロード》から処分するように言われましたので」

処分⁉

ガーン、と目に見えて青ざめる彼女に、メイドは不思議そうな顔で一礼するとさっさと下がっていった。

あっという間にに一人残されたスノウは、ドレスを前に頭を抱えてしゃがみ込む。

（一体……どうすれば……ていうか、これはどういう……）

お腹《なか》はいっぱいだし、今のところ睡眠不足も若干解消された。あとはお礼を言って帰るだけのはずが……何故こうなっているのか。

視線をクローゼットに向け、スノウは口を引き結ぶ。

一着だけお借りして帰るのがベストだろうが、何も言わずに出て行くのも気が引ける。

（イリアス卿は晩餐を楽しみにしてるって言ってたけど……）

いやいやいやいやいや、駄目だろう。

銀嶺という特殊組織に在籍しているが、スノウは魔道具製作所所属の人間で、実戦を主とするイリアスが上官になることはない。

だとすれば、公爵家三男のお宅に単独でお邪魔する令嬢は……婚約者か愛人のどちらかとなる。

百歩譲って銀嶺の繋がりだと言えばなんとかなりそうだが、それにはスノウの上官であるウエイクフィールド伯爵の承認が必要だ。

ここで晩餐に参加するにしてもこれは任務なのだと、認定される必要がある。

だが現時点でそんなものはない。とすれば。

（やっぱりドレスをお借りして、執事に挨拶して帰ろう。途中魔道具製作所に寄って明日からのスケジュールと……）

しゃがみ込んで脳内で計画を立て、よしっと気合を入れて立ち上がる。

それからクローゼットに飛び込み、自分に似合いそうなドレスを探した。

ようやく首まで覆われた濃い赤とピンクのデイドレスを引っ張り出し、部屋へと戻った瞬間、そこに待ち構える侍女を見て目が点になった。

彼女たちは様々な大きさの箱を持ち、一人は手に鏝《こて》を持っている。

「あ……あの？」

ぎゅっと胸元でドレスを抱き締めれば、腰にぴったりとフィットした黒いドレスを着た女性が一歩前に出た。

「お嬢様、そちらはデイドレスでございますね。我々はイリアス卿から晩餐の用意を言いつかっておりますので、そちらは不要かと」

言葉の直後、彼女の後ろに控えていた同じように黒いドレスを着た一人がすす〜っと前に出てようやく選んだ「普通のドレス」を取り上げる。

「あ⁉」

「さあさあ、こちらに。イリアス卿のお戻りは夕方ですので、それまでにきっちり仕上げますよ！」

スカートのポケットから取り出した懐中時計を見せられ、スノウは今が昼をだいぶ過ぎていることにようやく気が付いた。

結構沢山寝ていたんだ、とぼんやり考えているうちに、きらりと黒い瞳を物騒に輝かせた女性がぱちん、と指を鳴らす。それと同時に後ろに控えていた女性たちが一斉にスノウを取り囲み、あれよあれよとナイトウエアを脱がせ始めた。

（……っていうか……なんで……⁉）

どうしてこんなことになるのか。一体イリアスは何を考えているのか。

そんなスノウの疑問に答える人はなく、彼女は流されるまま晩餐の準備とやらの洗礼を全身に浴びるのであった。

2　思惑渦巻くパーティと勘違いしそうな夜

スノウは曲がりなりにも子爵令嬢だ。

領地に戻れば侍女やメイドにかしずかれ、「おかえりなさいませ、お嬢様」と執事に恭《うやうや》しく出迎えられる……なんてことはない。

（うちは貧乏貴族だもんな……）

他の貴族たちのような派手な魔力を持ち、大きく戦果を挙げて取り立てられた血筋ではない。

スノウが持つのは壊れた物の修復や、対象物に特異な効果を付与する地味なサポート魔法なのだ。

そんなアンバー子爵領では物造りが盛んで、陶芸や織物の他、家具などの木工から金属製品の加工まで職人たちが集まる地域になっている。

子爵家から銀嶺への参加者が出たのは、スノウで三人目。

両親も使用人も諸手《もろて》を上げて喜び、全員が「うちの領地の職人を宣伝してきて」と口々に宣った。

一致団結して領地を盛り上げようと考える――そんな家風なために、着たこともないようなドレスと靴と、自分では絶対できない髪型にチェンジさせられたスノウは、内心の動揺を隠せずにいた。

（い、一体いつどこで用意した物なんだろう……）

突撃してきた女性陣によって着せられたのは光沢のあるピンクのドレスで、背中と肩が大きくむき出しになっている。二の腕辺りでリボン状に結ばれた袖が胸元を横断し、デコルテで波打つ様子はプレゼントの包みを連想させた。

似た色味の宝石があしらわれた髪飾りが、スノウの銀髪のサイドで光り輝き、落とさないように慎重になるあまり、挙動がぎこちなくなっている。

履きなれないヒールの靴と相まって、生まれたての仔馬《こうま》のように膝をがくがくさせながら、彼女はどうにか食堂へと辿《たど》り着《つ》いた。

前室のソファには、濃い青のウエストコートにタイ、上着を着たイリアスが座っていて、青ざめた顔で入って来たスノウを一目見ると大きく目を見開いた。

(ううっ……戸惑う顔もイケメン……)

ゆっくりと立ち上がり、一歩前に出たイリアスの瞳に銀色の光が過る。眩しすぎるオーラを感じ、思わず後退《あとずさ》ると、膝がかくん、と折れてスノウはその場にしゃがみ込みそうになった。

「危ないッ」

流石は聖騎士だ。

あっという間に腰を抱いて支えられる。

昼間に感じた柑橘系の香りが全身を包み込み、手袋をしている彼の手の温度をドレス越しに感じて、どきんと鼓動が跳ねた。

「大丈夫か?」

あからさまに動揺してしまった。

鼓動が速く、軽くパニックになりながらもスノウはどうにか一人で立とうと足に力を入れる。だが、重心が彼の腕にかかっている今、ただ足をばたばたさせるだけでどうにもならない。

（ど、どうしようどうしようどうしよう）

一旦床に座った方がいいだろうかと、脳内でぐるぐる考えていると、不意にぐいっと引き上げられ、イリアスの胸に抱き締められてしまった。

「⁉」

「少し落ち着いて。今すぐ取って食べたりしないから」

くすくすと笑いながら背中をぽんぽんと叩《たた》かれて、かあっとスノウの顔に血が上る。

彼女がしっかりと両足で立つのを確認したのか、イリアスがそっと腕を解いた。

（私ってばどうしてこう……）

彼の前では謎の失態ばかりだ。

（……パーティや舞踏会に出ないからかなぁ……）

職人が集まる領地の貧乏子爵家となれば、付き合いたいと考える王侯貴族はほぼいない。貴族達が国会の会期と共にこぞって王都に出て来て、パーティを開く社交シーズンも父だけが参加してスノウは領地にいることの方が多かった。

もちろん、社交界デビューはしているが……それ以外に積極的に舞踏会や夜会に参加したことはない。

唯一父の友人であるランズデール伯爵家のパーティに何度か参加したことがあるくらいだ。

（場数を踏んでいればもっと洗練された仕草とかできるようになるんだろうな……）

こちらを見下ろすイリアスが心配そうにスノウの顔を覗き込む。スノウをここまで案内した侍女が部屋の隅に控えているとはいえ、手を取り合って見つめ合っている現状ははっきり言って不適切だろう。

それはわかるが、何故か魅入られたようにその瞳を見つめ返してしまった。

前室の魔法燈は珍しく足元にあるようで、オレンジの光が下から上へと部屋を照らしている、仄暗《ほのぐら》いその照明の中で、ふっとイリアスが目を伏せると、金色の睫毛が幻想的に輝くのが見えた。

蒼の瞳にも金色が散っている。

こんな至近距離でイケメン騎士をじっと見つめているなんて、非現実もいいところだ。

（……こんな色合いの魔法道具とか作ったらお洒落《しゃれ》かな……）

魔法石の付いた杖《ロッド》なんかよさそうだ。

スノウの思考が徐々に仕事の方に流れていく。それに気付いたのか、イリアスがちょっと口元を引き下げると、ふっと顔を上げて視線を外した。

「そろそろ準備ができたようだな」

「え？」

彼が食堂のドアを振り返り、夢から覚めたようにスノウも目を瞬いた。

静かに扉が開き、給仕がゆっくりと一礼する。そっと腕を取られ、スノウが慌てて姿勢を正した。

「晩餐といっても普通の夕食だから緊張しなくても大丈夫」

甘い声が耳元で囁き、再び身体に力の入りかけていたスノウが耳まで赤くなった。

「す……すみません。な、慣れてなくて」

声がかすれる。

取られていない方の手で、こっそりスカートを握り締めると、「ああそうだ」と何でもない様子でイリアスが切り出した。

晩餐の注意事項だろうか。

そんなことを考えて彼を見上げれば、すっと身をかがめたイリアスに頬を掠めるようなキスを落とされた。

「⁉」

「わたしと君の二人きりだから、こんなことをしても誰も咎《とが》めないし気楽にね」

悪びれもせずにこにこ笑う彼を前に、スノウは口をパクパクさせ、絶対に気楽になんかできないと心の奥で叫び声を上げるのだった。


緊張しながら参加した晩餐会《ばんさんかい》は、イリアスが言う通り二人きりだった。

その点を除けば、料理も雰囲気も客人を招いたものとなんら変わりなく、久々に参加した正式なものにスノウはがちがちに身体を強張らせるばかりだった。

だがそれも最初のスープが振る舞われるまでで、終始優しい笑顔のイリアスがスノウの緊張をほぐそうと話しかけてくれ、いつの間にかスノウは会話を楽しむ余裕が持てるようになっていた。

「……本当に君はものに対して愛情を持ってるんだね」

デザートに出されたアイスクリームに目を輝かせ、小さなスプーンをいそいそと取り上げていたスノウは、柔らかなイリアスの言葉に顔を上げる。

倒れるまで仕事をしてしまうことに対して「どうしてそこまでするのか」と聞かれて、何気なく答えたのだが、イリアスには驚きの回答に聞こえたようだ。

「よく祖母に『大切にされたものには心が宿る。だから長い間使ったものには愛情をもって、これから作ったものには愛されるよう心を込めて付き合いなさい』と言われていたんです」

美しいガラスの器を視界に収めながら、スノウは豪快な祖母の笑顔を思い出して小さく笑う。

「この器も、誰かの手と想いから作られたものです。それを受け取って長く使ってもらえるよう、壊れた際に修復するのが私たちだって」

黄色味《きいろみ》を帯びた緑のガラスの器を両手で持って掲げると、燭台《しょくだい》の明かりを受けてきらきらと光った。

目を細めてそれを眺めていると、くすりと小さく笑う気配を感じはっとして顔を上げる。

正面に座るイリアスが柔らかく目を細めてスノウを見つめていた。

その様子が気恥ずかしくて、スノウは慌てて目を伏せた。

（って公爵家の方に職人の心意気を語ってどうするのよ……！）

やっぱり自分には社交術なんてないのだと痛感する。こういう時にハイセンスでおしゃれな会話を披露できない。

かあっとデコルテまで真っ赤になっていると、不意に隣に気配を感じ、スノウははっと目を上げた。イリアスが正面の席からスノウの隣に移動してきたのだ。

「え？」

驚く彼女に構わず、彼は膝の上でぎゅっと握り締められていた彼女の手に自らの手を重ねる。その温かさにスノウはどきどきし、呼吸が浅くなるのを覚えた。

「君が自分の仕事にどんな思いを持って臨んでいるのか、よくわかった」

そのまま彼の温かな手が緊張で冷たいスノウの手を握り締める。するっと親指で手の甲を撫でられくすぐったさに何故かお腹の奥がきゅっとした。

びくりと身体が震えたのを感じたのか、柔らかく微笑んだままイリアスがすいっと顔を寄せた。

「だからこそ、君は君自身をもっと大切にするべきだ」

真っ青な瞳が真摯にスノウを見つめている。

その彼に、スノウははっと息を呑んだ。

この人は、スノウが持っている貴族令嬢に似つかわしくない「矜持《きょうじ》」を……子爵夫人としては規格外だった祖母の言葉を支持してくれている。

（いつも……壊れたものを持ってきて、居丈高に『すぐ直せ』という貴族と全然違う……）

ただただ緊張と、イケメンが近くにいることへの慣れなさから挙動不審だったスノウは、この時初めてまともにイリアスを「見た」気がした。

不規則だった鼓動が、馴染《なじ》みのない、どこかふわふわしたものへと変貌していく。それが急に心もとなく不安になり、スノウは大急ぎで包まれていた手を取り返した。

「な……なるべく気を付けます」

それだけ答えて俯くと、はあっ溜息を吐かれてしまった。おずおずと視線をあげると、呆れた様子でイリアスがスノウを見ていた。

「なるべく、ね」

半眼になった青の瞳に見つめられて「うっ」と言葉に詰まる。

「取り敢えず、体調不良が治るまでは無茶はしないこと」

ちょん、と額を人差し指でつつかれて、ますます赤くなりながらもスノウは勢いよく首を縦に振るのだった。


そのままつづがなく晩餐は終わり、妙な動悸《どうき》を覚えたが久々にしっかりした食事がとれたと、スノウは戻った部屋で満足気にベッドに横になった。

（子羊のロースト……美味しかったな……ジャガイモのスープもバターの風味がよかったし……）

寝起きに貰ったパン粥も身体に沁みた。

やっぱりちゃんとした食事は重要だなと改めて痛感する。

それと同時に至近距離でスノウを見つめていたイリアスを思い出し、再びふわふわした感覚が蘇《よみがえ》ってくる。

鼓動が胸の奥で跳ね上がり、顔が熱くなって、知らないうちに瞳が潤んでくる……そんな感覚。

イリアスの甘やかな微笑みを思い出して、ぎゅーっと身体の奥が締め付けられ、スノウはその衝撃を誤魔化すように枕を抱き締めるとごろごろとベッドの上を転がった。

一通り悶《もだ》えたあと、天井を見上げた彼女は両手で顔を覆った。

（着替え……ないと……）

気持ちを落ち着けるように深呼吸を繰り返していると、ゆっくりと眠気が身体を包み始めた。

このまま寝てしまったら借りているドレスがしわくちゃになる。だが一度横になると着替える気力がわいてこない。

（ああでも……久々の満腹感で……うごけない……）

ちょっとだけ目を閉じて……それから着替えよう。

そんなことを考えて瞼を降ろした瞬間、あっという間に眠りの縁を転がり落ちていく。

しばらく、夢も見ない眠りの中を漂っていると、不意に誰かに抱え上げられるのを感じた。優しい手が自分を締め付ける背中の紐《ひも》をほどいていく。

ふわりとした開放感の中、ぼんやりと目を開けると、苦笑するイリアスが目に飛び込んで来て、スノウは首を傾げた。

何故彼がここに居るのだろう。

（……夢かな……）

ふわふわと漂う思考がそう弾《はじ》き出し、直前まで彼と食事をしていたから夢に出てきたのだろうと納得する。

夢の中のイリアスは、今にも眠りの縁を転がり落ちそうなスノウを支え、ドレスを引っ張って脱がせてしまう。シュミーズとコルセットだけの姿をイリアスに晒していると頭の片隅が知らせるが、すぐに「夢だから」と安心してしまった。

胸を押し上げ腰を必要以上に細く強制する拘束具《コルセット》が外され、スノウは溜息を吐いた。

再びふかふかの寝台にそっと寝かされ、重い瞼を押し上げて覗き込むイリアスを見上げる。

「本当は風呂にも入れたかったけど……」

温かく乾いた手がスノウの頬を撫でる。慈しむようなその掌に、スノウはぼんやりと霞んだ瞳を彼に向け、小さく笑った。

(この夢のイリアス卿ってすごく世話焼きだ……)

心から子爵令嬢を風呂に入れたかったという顔をするので、スノウは何も考えずに告げる。

「……入れて下さってもよかったのに」

ふふ、と吐息を漏らして笑うと、夢の中のイリアスが驚いたように目を見張る。それからぱっと口元を片手で覆うとそっぽを向いた。

さすがにそれは、とか将来を誓えばいいのか、とか何やら零している。

何かを葛藤しているかのような様子にスノウは心の奥が温かくなる気がした。

このイケメンが自分のことを考えているのだと思うと、何となくむずむずする。視線の先のイリアスの耳がかすかに赤いような気がして、スノウは再び心地よい眠気に身を任せながら呟いた。

「いつか一緒に入りましょう」

そんな大胆な台詞を自分が言うとは思わなかった。

だがこれは夢なのだ。

目の前のイリアスに一日中ドキドキしっぱなしだった。優しく気遣われて、下に見られがちな自分の仕事を褒めてくれた。

触れる手は優しく、見下ろす瞳には勘違いしそうな熱が込められているように見えた。

（そう……勘違い……）

イリアスは目の前で倒れたスノウを見かねて世話を焼いているだけで……スノウのことが好きなわけじゃない。

彼に惹かれる気持ちをセーブしなくてはいけない。だが彼は今、スノウとお風呂に入りたそうにしているのだから……。

（一生に一度くらい……大胆なことをイケメン相手に言ったって……）

目を閉じて小さく微笑むと、「スノウ」と耳元で名前を呼ばれる。

感覚が鈍っているとはいえ、どくん、と一拍強く鳴る心臓に気が付く。

ふわりと彼が纏う柑橘系の香りが全身を包み込み、温かな重みを感じる。そっと目を開ければ、間近にこちらを見下ろすイリアスがいて、今度も鼓動が高鳴った。

「……駄目だよ、スノウ」

ほんのりと目元を赤く染めたイケメンが、切羽詰まった顔でスノウを見下ろしている。

「そんなことを言ったら……本気にする」

切れ切れの、低く甘い声音に身体の中心がじわりと熱くなる。その刺激が鈍った意識を貫《つらぬ》き、ほんの少しスノウは視界がクリアになる気がした。

それでもまだ、これは夢だと頑《かたく》なに信じるスノウは、重い両手を持ち上げるとひんやりと冷たいイリアスの頬に添えた。

びくりと彼の身体が震える。

それを気にするでもなく、スノウはじわじわと霞んで深いまどろみに落ちて行きそうな意識の果てでふにゃりと笑って告げた。

「夢なんだから羽目くらい外してもいいのに」

その一言に、はっとイリアスが息を呑んだ。

彼が動揺したように何かを告げようとする。だがそれより先にスノウの意識は再び、甘美なる闇の中に落ちて行き、遠くで身体を揺さぶられたようだがその感覚もあっという間に消え去ってしまうのだった。

◆◇◆

聞き慣れない小鳥のさえずりが聞こえ、スノウは、また鳥の声……？　とぼんやり考えながら目を覚ました。

（ええっと……）

今日は何日でこれからどうするんだったか。

ぎこちなく視線を動かせば、白いカーテンの向こうがうっすらと明るいのがわかる。夜が明けてどれくらいなのだろう。黄色い夏の朝日を感じる室内で、ぼんやりと色々考えていると、不意に何かが身体に巻き付きぐいっと後ろに引っ張られるのを覚えた。

「⁉」

はっと視線を落とせば、シュミーズ一枚の腰に回された逞《たくま》しい腕が見え、ひゅっと短く息を吸う。

なんだかいい夢を見た覚えがある。だが、夢らしく何一つ覚えていない。ただイリアスが出てきたことだけは覚えていて……。

「……今何時だ？」

低く甘い声が後ろから耳朶《じだ》を襲い、びくりとスノウの身体が強張った。その反応に気付いたのか、耳元で背後の存在が小さく笑う。

「夜が明けてすぐかな？」

「ひゃっ⁉」

温かく湿って柔らかなものが首筋に触れて、ますますスノウが動揺した。

それとは反対に、彼女を抱える存在は楽しそうに、ゆっくりと手を動かしてスノウの柔らかなシュミーズを辿《たど》り始めた。

「ああ……君は柔らかくて温かくて」

「んっ⁉」

胸のふくらみの下まで手が届き、背後の彼がもぞっと動いた。両腕が身体に回り抱きすくめられ、重ねて並べたスプーンのようになる。更には耳朶を柔らかなもので食《は》まれて、スノウの喉から意図せず甘い声が漏れた。

「最高に抱き心地がいいね」

身体の芯を貫くような甘い声が耳から身体を犯し、スノウは再びびくりと身体を震わせる。笑みを含んだ唇が耳朶から首筋をなぞり、彼の熱い掌が胸元の丸く、柔らかな果実をゆっくりと包み込んだ。

木綿の布越しに、じんわりと彼の掌の温度を感じて、スノウの脳裏に警鐘が鳴り響いた。

何がどうしてこうなっているのか不明だが、一つだけ言えるのは。

「イ、イリアス卿⁉　こ、ここ、この接触は不適切では⁉」

いくらかひっくり返った声で警告すれば、胸を包む掌が一瞬だけ強張るのがわかった。

だが柔らかな肌をなぞるように彼の指先が再び動き始め、その下のスノウの心臓が爆発的に鼓動を速めた。

固唾を呑んで成り行きを見守っていると、やがてゆっくりとイリアスの手が離れた。ほっと身体を緩めるのと同時に、イリアスの吐息が首の皮膚を撫でた。

「よく眠れた？」

ベッドが軋み、背中からスノウを包んでいた温かさが離れていく。早朝の空気が肌に触れ、スノウはほんの少し胸が痛んだ。

「ゆ……夢も見ないほどに」

再び上ずった声で答えれば、「そうか」と低い声が吐息交じりに答えた。

「俺は一睡もできなかった」

「え⁉」

思わず寝返りを打って隣にいるであろうイリアスを見上げれば、ベッドに片肘を突いて横向きに寝そべる彼がふわあっと猫のようにあくびをしていた。

「ど、どうしてですか？」

思わずそう尋ねれば、視線をスノウに向けたイリアスがにっこりと笑う。

朝から目が潰れそうなほど眩しい笑顔だ。

（うおう……）

鼓動がせわしなく動き、ぎこちなく視線を逸らすスノウに顔を近寄せたイリアスが、そっと彼女の目元を撫でて告げる。

「昨夜、不都合がないか確認に来たんだが、ノックをしても返事が無くてね。扉は開いていたから中に入ったら……」

ドレス姿で寝落ちしているスノウが目に飛び込んできたという。

「服を脱がせてほしいというから手伝ったが、覚えてないのかな？」

覚えていない。

かあああっと額の上まで真っ赤になるスノウを見つめながら、イリアスが輝かしい笑顔のまま更に続けた。

「次は一緒に風呂に入ろうとも言われた」

甘く囁くその言葉の内容に、スノウはかすかに覚えがあった。

夢も見ないほどぐっすり眠っていたのは本当だが、「風呂」という単語と「一緒に」という単語は口にした記憶がある。

もっとも夢の中だが。

「そんな風に言われて……なのに君はすやすや夢の中」

ああ、と大袈裟《おおげさ》に嘆いて目元に片手を当てて天井を仰ぐイリアスに、スノウはしゅばっと起き上がるとベッドの上で正座をし、深々と頭を下げた。

「数々のご無礼、申し訳ありませんッ」

そのまま柔らかな上掛けに額を押し当てて言い募る。

「できれば全て、朦朧《もうろう》とした意識下のたわごとだと流して頂けるとありがたいのですがッ」

こんなイケメン騎士に世話を焼かれた上に、しょうもないことを言ってしまって……よく部屋から叩《たた》き出《だ》されなかったなと、心底思う。

貴族令嬢の振る舞いとは思えない失態だ。

だがそんな縮こまって頭を下げるスノウは、再びベッドが軋み、身体が前へと沈み込むのを感じて顔を上げた。

ほぼ同時に、身を起こし、両腕を伸ばしたイリアスがひょいっとスノウを抱き上げて、抱えたまま再び後ろに倒れ込んだ。

「⁉」

「確かに君は疲れて爆睡していたし、夢だと思って話しているとは思っていた。だが、それを流す気はないな」

さらりと告げてそのまま抱き締められる。

「それに、一睡もできなかった責任を取ってほしい」

「⁉」

くるりと腕の中で反転させられ、今度は前から抱きしめられる。首筋に顔を埋めたイリアスが大きく息を吸うのがわかった。

「君の出勤までまだ時間があるだろう？　このまま寝かせて……」

掠れた声が、唇の触れた首筋からスノウの身体に流れ込み、彼女はがくがくと首を振った。

心情としては今すぐ離れてほしいが……イリアスに対して無礼な発言をしたのはスノウの方だ。

「お……仰せのままに」

引き攣った声で答えると、くすりと相手が笑うのがわかった。それから眠そうな……今にも消え入りそうな声が聞こえてくる。

「今はこれで我慢する」

（今は⁉　これで⁉）

我慢だと⁉

抱えられて所在のない両手をにぎにぎさせながら、スノウは全く意味がわからず目を白黒させる。やがて心地よさそうな吐息が聞こえ始めて……。

（イリアス卿はどうして……なんで……意味が見いだせない……）

彼の目の前で倒れ、過労を心配するあまり連れ帰られたまでは……まあ何となくわかる。食事を食べさせないと、きっとまた無茶をするのだろうと言われて反論できなかった。

（……でもそれ以上は？　この状況は？）

そこからドレスを用意され、寝支度の世話をされ、最後は風呂に入ろうと言われて反故《ほご》にされたから同衾《どうきん》したけど一睡もできなかった、と宣言されたのは……？

（私のことが……）

好きだから？

だがそれは無いと、スノウは一瞬でその理由を心の奥底に封印した。

そんなわけない。イリアス卿とはほとんど接点はなかったのだ。昨夜の晩餐では確かに褒められたが社交辞令と言われればそれまでだ。

（イリアス卿が私を好きなんてありえない）

一瞬でも失礼なことを考えたと思考を切り替えるが……。

（……全くわからないっ）

一体なぜ？　どうして？

もんもんと考え込み、イリアスが朝食の時間に目覚めるまで今度はスノウが一睡もできないかと思った。

だが勢いよく走り続けていた鼓動もやがてじわじわと治まり、抱き締めるイリアスの体温が気持ちよく……さらには頑固すぎる睡眠不足が一昼夜寝た程度で回復するわけもなく。

よって。

「……スノウ、起きて。遅刻するよ？」

不意に身体を揺さぶられてはっと目が覚めた時、両手に皿を持ったイリアスが、きちんとした格好でスノウを見下ろしていた。

「まだ寝てたい気持ちはわかるけど、朝食はちゃんと食べないとね」

にこにこの笑顔で言われてスノウは飛び起きた。

「……今何時ですか⁉」

◆◇◆

（天国のおばあちゃん……規則正しい生活ができるようになったけど……なんか大変なことになってるよ……）

あの日、遅刻ギリギリで製作所へと出勤したスノウは、今までにないくらいスッキリした頭脳と軽い身体で仕事をこなすことができた。それもこれも十分な睡眠のお陰だと骨身にしみて理解した彼女は規則正しい生活を目指そうと心に誓ったのだ。

だが悪い癖で、調子よく仕事をこなし、就業時間が過ぎてもそのまま仕事を続けようとしていたスノウの元に唐突にイリアス卿が現れた。

「君は今日から俺の家に帰ること」

「ええ⁉」

物凄《ものすご》くいい笑顔で告げられたその台詞と共に、スノウはイリアスにあれよあれよと前日お世話になった屋敷へと連れ戻される。

なんで？　と首を傾げるスノウを「君は目を離すとすぐに超過勤務をするから強制的に連れ帰ることにした」と物凄くいい笑顔で言い切られてしまった。

人道的な理由で放ってはおけないと言われ、結果、朝はイケメンに起こされて、「これも食べろ」「あれも美味しい」「ゆっくりしっかり噛むこと」と指導を受けながら朝食をとる羽目に。

次いで職場に馬車で送られ、何故か昼頃から受付にいるイケメンと昼食を取り、終業の鐘と一緒に帰る習慣ができてしまった。

イケメンことイリアスは、目を離すとスノウが倒れると思っているようで屋敷にいる間もあれこれと世話を焼く。

そんな日々が二週間ほど続き、おかげで頑固な睡眠不足は徐々に解消され、艶がなく元気が行方不明だった銀髪も柔らかな光沢を取り戻し、どんより曇った空色の瞳も少しいきいき光るようになっていた。

体調が徐々に上向くに従って作業効率も上がり、スノウは「睡眠は大事だ」と改めて考えた。

ただ一つわけがわからないのが。

「い、イリアス卿⁉　な、何故ここに⁉」

修復作業を一時中断して、メイにお茶を淹《い》れてもらおうと休憩室へやってきたスノウは、受付から響いた素っ頓狂な声に遠い目をした。

「ここは万年人手不足だからな。手伝ってるんだ」

堂々としたイリアスの声が響き、来客者がしどろもどろになっている。

（そりゃそうよ……壊れたなにがしかの修理に来たら、組織でも上位の聖騎士様がいるんだから）

どうやら壊した剣の修理依頼に来たようだが、イリアスから厳しい声が飛んでいる。

なにやら手入れを怠ったことがわかったようで、軽いお説教が始まった。

短い「はっ」という返事から、依頼者が直立不動で怒られている姿が手に取るようにわかり、スノウはソファに腰を下ろすとメイが淹れてくれた紅茶のカップを両手で包み込んで持ち上げ、何とも言えない表情をする。

「確かに壊れた物を直すのがここの仕事だが、だからといって粗末に扱っていいものではない」

少し離れた休憩室にまで響くイリアスの、張りのあるいい声にスノウは目を伏せた。

自分と話すときのかすかに甘い声に背筋がぞくぞくすることが多々あるが、今のような凛《りん》とした口調も素敵だ。心の奥がこそばゆい感じになり、そわそわ身じろぎをしていると、「流石イリアス卿だな」と上司の声がした。

「所長」

休憩室にやって来て正面に座ったウエイクフィールド伯爵が、眠そうなタレ目の縁を和ませて、手づからお茶を淹れる。

「イリアス卿が修理依頼を持ち込むことはまれだ。彼ほどの使い手は確かにすぐに壊れる安価な武器を使ったりしていないだろうが、他の連中とは違ってきちんと手入れをしているんだろう」

「そうですね」

柄との境目がさびている剣や、いつから分解掃除をしていないんだろう？　と青ざめる銃まで。うんざりするほど丁寧に扱ってない道具が持ち込まれることが多々ある。

武器の手入れ、なんて自分の仕事ではないと思っている連中が多いのだろう。

そんな中で、イリアスが魔道具製作所に持ってきたのは可愛らしい護符だ。

「自分の命を預ける物を大事にできない人間が、生き死にの土壇場で生き残れるとは思えない、と語っていたぞ」

彼の考えにじんわりと身体が温かくなる。そういう考えをスノウも持っているからだ。

（ものには心が宿る……そうだよね、おばあちゃん）

紅茶のカップを両手で包み、掌に感じる温かさは、確かに中身が持つ温度からだろう。だがきっとその温かみの二割くらいは……カップ自身がもつ温かさだとスノウは勝手に考えている。

未だに続くイリアスのお説教を聞きながら、スノウはほうっと溜息を吐いた。

「……イリアス卿は……本当にうちの人手不足解消のために来てるんですか？」

紅茶をすする上司にそう尋ねれば、彼はひらひらと片手を振った。

「そうだというんだからそうだろう」

眠そうな目のままクッキーを一つ取って頬張《ほおば》るウエイクフィールド伯爵に、スノウは複雑な顔で黙り込む。どうしてそんな真似《まね》をするのか……わからない。

（……それに、なんで私を屋敷に連れて帰るんだろう……）

快適な毎日で元気を取り戻すことができた。だから感謝はしているが……。

（こんなことされたら勘違いする……）

イリアス卿はスノウに好意を抱いているからここまでしてくれるのだと。

だがそう思うには……スノウに魅力が無さ過ぎるし、貴族同士の結婚にありがちな家同士が結びつくことで得られるようなメリットもない。

カップを置き、休憩を終えたスノウは再び作業室に戻って仕事を再開する。

終業まで残り二時間。基本的に修復や加護を付与する魔法は集中力が必要なため、感じた疑問に対して考えることはなかった。

だが帰宅時に、当然のようにイリアスと一緒に馬車に乗り、「今日は出かける用事があるから、すまないが一人で夕食を摂《と》ってくれ」と言われてちょっと寂しく思いながら部屋に戻った瞬間、頭を抱えてしまった。

（って、やっぱりおかしいわよね⁉　ちょっと寂しく思うのも意味がわからないけど、一人で夕食をって謝られるのも意味がわからない！）

ううう、と床にしゃがみ込んだまま呻き声を上げる。

何故彼がここまでスノウの世話を焼くのか。何か裏があるのではないだろうか。だとしたらその裏とはなんなのか……。

(駄目だ……思考がまとまらない……)

いつの間にか床に座り込んでぼんやり天井を見上げている自分に気付き、スノウは苦笑した。この疲労感では、残業しても効率が悪かっただろう。だから空が明るいうちに帰ってこられてよかった。

(………何か甘いもの貰おう)

ゆっくりと立ち上がり外出用のドレスから着替える。

夕食の際、晩餐とまではいかないがイリアスがいるのでそれなりに見栄えのするドレスに着替えて臨んでいたが、今日は一人ということで夜会用ではない、普通のドレスをチョイスした。

白が基本だが、所々に濃淡のある青色が差し込まれたそのドレスは、自分の銀髪と相まってちょっと涼し気に見えた。晩夏とはいえまだ暑く、まとめた髪にもブルーのリボンをあしらう。

そのまま部屋を出て廊下を行くと、玄関ホールを見下ろせる階段の上で足を止めた。

天窓から夕暮れの日差しが差し込むそこに、燃えるような赤い髪を美しく結い上げた女性が立っている。

大きく開いた背中とむき出しの肩には髪色に負けず劣らずの、赤い薔薇の花が飾られ、赤と黒のドレスはモダン。覗く肌の白さと相まってとても妖艶に見えた。

(だ……誰⁉)

大急ぎでその場にしゃがみ込み、はしたないと思いつつ手すりの間から下を覗き込む。幸いスノウが立つ廊下は暗く、見上げても彼女の姿は見えないだろう。

「待たせた」

奥から声がして、妖艶な女性がそちらに振り返った。

はっとスノウが息を呑む。遠目でもわかるくらいに、くっきりした目鼻立ちと、きりっとした目元が特徴的な容貌が目に飛び込んで来た。

(……すんごい美人……)

スノウが見つめる先で彼女は肩を竦《すく》める。その彼女の前に黒の夜会服を着たイリアスが現れ、その姿にも目を見張った。

(……やっぱりすんごい……イケメン)

普段、聖騎士の彼は隊服にマントという格好で、それも目を奪われるほど素敵なのだが、今日のような貴族然とした夜会服はまた違った雰囲気で、心臓が痛いくらいに速くなる。

スノウとの晩餐時よりも装飾が多い黒の上着にダークグレーのウエストコート。銀色のタイをしている彼は流れるような仕草で美人の手を取ると腕に絡めた。

二人揃《そろ》うと迫力が違う。

思わず目を細め、荒くなりがちな呼吸を必死に抑えていると、身を寄せた美人が何かを囁き、イリアスが呆れたような顔をするのが見えた。

二人の間に漂う気安げな空気に、スノウはきゅっと唇を噛む。やがて二人は執事に見送られてホールを出て行き、しばらく石化したようにその場に座り込んでいたスノウはゆっくりと立ち上がった。

甘いものを貰う予定だったが、そんなこともすっかり忘れて、ほんの少し肩を落として部屋に戻る。そのままオレンジ色の夕日が差し込む部屋の、クローゼット付近に置いてある姿見の前に立ち、そこに映る自分をとっくりと観察した。

美しく結い上げられていた緋色《ひいろ》の髪とは違い、適当に三つ編みにしてまとめた銀髪に青いリボンを結んだだけの髪型。

美しい立ち姿とは言えない、ちょっと猫背気味な格好。眠そうに落ちた瞼に隠れた瞳と血色の悪い肌。どこからどう見ても、あの威風堂々たる美人に勝てるような要素がない。

（……って勝てるって何よ）

容姿を競い合う必要がわからない。

だって自分はイリアスに夜会に誘われるような関係ではない、ただの……そう、健康管理をされているだけの存在なのだから。

（……って、それも全く意味がわからない）

鏡に映る自分の顔が歪《ゆが》むのが目につき、スノウは不快気に鼻に皺を寄せるとふるっと頭を一つ振ってベッドへと腰を下ろした。

寝不足と栄養失調で倒れてから二週間。健康を取り戻すまではイリアスに世話を焼かれることに特に疑問を感じなかったのだから……オソロシイ。

だが今さっき、イリアスの隣にいる女性をみてようやくスノウの理性が動き始めた。

——この関係、駄目じゃね？　と。

ばふっと大きなベッドに倒れ込み、スノウは茜色《あかねいろ》に染まる天井をぼんやりと見上げた。

イリアスはどこの夜会に向かったのだろうか。舞踏会だろうか。あの女性は誰なんだろう。凄い綺麗な人だった。ていうか、普通女性の家に迎えに行かないか……？

（イリアス卿って……公爵家の三男だけど聖騎士で……強くてカッコよくて……）

さりげなく女性の腰を抱いてエスコートする仕草が瞼の裏に残っている。

ふわりと目元にかかる柔らかな金髪と、その下から覗く濃い蒼の瞳。

その瞳が映していたのは、緋色の髪の美女で。

（……はやる気持ちを抑えきれずに自ら赴いたとか……そんな感じかな）

女性側がイリアスに早く会いたくて来たのかもしれない。

どのみち、都の作法について自分は詳しくないのだし、とスノウは彼女が屋敷に来たことについて特に変でもないと結論付けた。

（そんな女性がいるのに……）

果たしてこのままここでお世話になっていていいのだろうか。

「いいわけないよなぁ」

ふっと、言葉が唇を突いて出る。

もうだいぶ体調も回復したし、ご飯も美味しく頂けるようになってきた。そろそろ元の生活に戻るべきだ。

無意識にすべすべのシーツを撫でながら、スノウはこの快適な生活から離れることに名残惜しさを覚える。だが、瞼の裏に焼き付いた二人の姿が理性に訴えかけた。

イリアスは気にしなくても、きっとあの令嬢が気にするだろう。彼が連れ歩くくらいなのだから婚約者かもしれない。

（って、婚約してるのに女性を屋敷に泊めたらいけないでしょう）

彼はそんな不誠実な男ではない。それは断言できる。

（…………もしかして私、女性だとカウントされてない？）

ふと思いついたその可能性に、スノウはがばりと飛び起きた。

一心に世話を焼かなければ死んでしまう……ペットだと思われてないだろうか。

思いっきり餌付けされている感はある。

その場で頭を抱え、スノウは「ううううう」と呻き声を上げた。だとしたら……悲しい。女性にみられていないどころか、対等な人とも思われていなかったとは。

過剰なスキンシップもそれで説明できる気もする。あれは愛玩動物を愛《め》でる仕草なのだ。田舎の領地では可愛がってた猫にちゅーをする領民もいたし。

ずきん、とほんの一瞬胸に鋭い痛みが走り、スノウはぎゅっと目を閉じた。

彼はスノウの仕事を認めてくれた。そんなのは製作所の面々以外では初めてで、スノウの心はだいぶ彼に捕まれていたと今更ながらに悟る。

それでも――……彼にとっては……。

胸の奥を掻きまわすような、誰かを羨んだり嫉妬したり自分を哀れに思う感情が通り過ぎるのを待つ。

彼の隣に——彼が恋しく思う人に自分がなれるかもなんて、ほんのちょっとでも思った事実を消し去ろうとする。

それから、しばらく。

ぱっと目を見開き、彼女は唐突にベッドから飛び降りた。

ぐいっと顎を上げて背筋を伸ばし、スノウはドレスの裾を撫でて直すと、勢いよく部屋から出た。

大股で廊下を歩き、階段を降り、食堂へと飛び込んだスノウは給仕をしようとやってきた執事の目の前で思いっきり頭を下げた。

「今日までありがとうございました！　イリアス卿にご挨拶できないのが残念ですが、明日の朝いちばんに退去しますので！」

はっきりきっぱりそう告げて、頬を赤く染めたままテーブルに向かって歩いて行く。

用意された夕食を駄目にすることはできないし、なるべくイリアス卿が帰ってくるまで待つつもりだが、あまりにも遅い……朝帰りとか……だったら困るから日付が変わるまでは待つことにしよう。

（幸い明日は休息日だし。移動に丁度いいわ）

そう決めてスノウは席に着くと、硬直していた執事が慌てて動き出すのが視界の端に映った。

滅多《めった》なことでは動揺しなさそうな、黒髪のオールバックにぴんと尖《とが》った口ひげを持つ執事に申し訳ないことをしたかなと思いながらも、彼女は出て行く決意を固め、こんな豪華な公爵家の食事はもう二度とお目にかかれないだろうなと心の隅で涙を流すのだった。

「……噂話《うわさばなし》一つ聞こえてこないとは、どうも嫌な予感しかしないな」

◆◇◆

フルートグラスのシャンパンを一息に煽《あお》り、イリアスは細めた蒼の瞳でパーティ会場を見渡す。

光の洪水を起こしているシャンデリアの下で、くるくる回る令嬢と紳士。年代に別れて固まり、談笑する貴族たち。奥のテーブルに優雅に座り、会場を睥睨《へいげい》するお目付け役の貴婦人たち。

その彼らを料理の乗ったテーブルの前に立って見つめながら、零されたイリアスの台詞に副官のバネット伯爵令嬢、ファラ・フィリッツがふん、と鼻を鳴らした。

「バードグラス伯爵のお話では盗まれた、ということですから。盗品のことを軽々しく話すほど頭が悪い集団ではないでしょう」

緋色の髪に若草色の瞳をもつ副官の、冷ややかすぎる一言に、イリアスは更に眉間にしわを寄せた。

おおよそ三週間ほど前。

サマースウェイト公爵からの依頼をこなすべく、副官のファラと神官のソンダース子爵令息、ルーン・グレアムを連れて「封印されていた魔道具」の回収に向かった。

そこでイリアスは、青ざめたバードグラス伯爵から該当の道具が何者かに盗まれたと言われたのだ。

「訪問者は領地の寄り合いメンバー数名と、弁護士事務所からの使い。それと食材の配達員でしたね」

そう言いながら、すす～っと二人の傍に寄って来たのは、腰まであるサラサラの金髪に柔らかな紫の瞳を持った青年だ。

中性的な顔立ちで、着ている物もパーティに相応しくない白地に金で刺繍《ししゅう》がされたローブ。

青白い顔で手にした皿の上から蜂蜜たっぷりのトーストをかじっている彼こそがルーンである。

「領民と事務弁護士の使いは見知った顔だったが、食品配達業者だけが毎回違うと言ってたわね」

腕を組んでイリアスと同じようにフルートグラスを傾けるファラの一言に、イリアスが溜息を吐いた。

「食材店はまっとうだが、配達員は日雇いだからな……」

呻くように呟き、イリアスは目を伏せた。

食材店の店主が教えてくれた配達員の住所に該当人物はおらず、身元は未だはっきりしていない。

聖騎士、という特性上イリアスが持つ魔力は『光の魔力』が大半だ。

魔法は現在、風水火土、光闇に分類される。

そして魔術師はこの六要素を使った魔法が得意だったりするのだが、イリアスたち聖騎士は、光の魔力が強い家系の出身者が多く、レドナ公爵家もそうだ。

特にイリアスは光の魔力が強く、三男だが銀嶺へと招集されたのだ。

その彼は自らの魔力と反対となる邪悪なものに関して敏感で、訪ねた屋敷の天井裏には確かに不快な感覚が残っていた。

だがそれを盗んだ人物の邪気は疎《おろ》か、魔力の残滓《ざんし》すら感じることはなかったのだ。

「魔力の痕跡がないってことは一般人ってことですかね？」

今度はブルーベリーのタルトを頬張りながらルーンが囁く。

「でも魔道具って多少なりとも魔力がないと単なるガラクタじゃない」

盗んでどうするの？　とさらりとファラが切り返し、うむむ、とルーンが口の端を下げる。

「魔力がなくても、古いもの、珍しいものを集めて売りさばく連中もいる」

イリアスがぽつりと零し、居並ぶ貴族たちを見渡した。

地方で珍しい魔道具があると聞き、更には使い手がいないとなると欲しくなるコレクターは存在する。

当然、それらを手に入れて一獲千金を目論《もくろ》むものもいるだろう。

「そういった連中が盗んだとして……金に糸目をつけず曰く付きのものを買いあさる収集家は……」

ベントン公爵、サンダーズ子爵、それからレッドファン侯爵夫人……。

彼らの姿をさりげなく探し、新しい魔道具を手に入れたとかなんとか、周囲に自慢していないか期待する。グラスをウエイターに渡して、見つけた三人の傍に分担して近寄り、もう一度合流して話を総合する。

結果、わかったのは「ブリッジ卿が怪しげな健康食品に嵌《はま》って大変だ」ということと「密《ひそ》かに売り出されていた痩せる魔法薬が実は脂肪吸着薬だった」こと、そして「ウイートン伯爵が酔っ払って側溝に落ちた」というくだらないものばかりだった。

ウイートン卿に至っては「これだから魔力無しの伯爵は」という軽蔑した笑い付きだった。

「……そちらはどうですか？　魔道具製作所に潜入して、怪しげな物が持ち込まれたりは」

相変わらず魔力の有無で人の優劣をつける社交界にうんざりしながら言ったファラの言葉に、イリアスはふっと瞼を伏せる。

「おかしな物が運び込まれた形跡はないな」

一瞬だけ目が合わなかったことに気付いたファラが、大きく縁取りされた美しい若草色の瞳をきゅっと細める。

「職員を一人、お屋敷に囲っているそうですね」

「囲っているわけじゃない。保護だ」

むっとして言い返すイリアスに、ファラが腕を組む。

「目の前で倒れたので介抱している、というお話でしたがそろそろそのような言い訳は通用しなくなってきているのでは?」

銀嶺の構成員とはいえ、貴族の血を受け継ぐ者が大半だ。

任務のために多少の無礼は許されているが、目に余る不適切な行動は問題になる。

社交界の常識として、嫁入り前の令嬢を他家の……それも若い男性がいる屋敷に付き添いもなしに囲っているとなれば大問題だ。

「……そうだな」

口の中に苦い物が広がるようで、イリアスは傍を通り過ぎるウエイターからグラスを取った。細かな泡が浮く、金色の液体を喉に流し込む。

「ただ彼女を保護しているという名目が消えれば、俺が受付にいる意味も消失する。ちゃんと所長であるウエイクフィールドには話を通してあるが、周囲が……それもレディ・スノウが変に思うだろう」

「つまり、何の接点もない隊長が魔道具製作所に居座っているのはおかしい、ということですね？」

ぽん、と掌に拳を打ち付けルーンが告げる。

「そうだ」

すました顔で答えるイリアスを、ファラがじっと見つめ、やがてふうっとこれ見よがしな溜息を吐いた。

「そうなんですか。私はてっきり、このままレディ・スノウの体面を穢《けが》して結婚なさるつもりなんだとばかり思ってましたわ」

飲んでいたシャンパンが変な所に入った。

ごほごほと咽《むせ》ながら彼女を見れば、ファラは無表情のままくるりと振り返ってテーブルから小さなシューを取り上げている。

「あら、美味しい」

大きく開いた背中をぴんと伸ばして告げるファラに苦笑し、イリアスはごほんと一つ咳《せき》ばらいをする。

「とにかく、今できるのは魔道具を盗むために屋敷に侵入した人間を探すか、コレクターの最近の購入履歴を辿《たど》って魔道具を探すことだ。引き続き製作所での調査も続行する」

いいな、と念押しすれば、ルーンは「わかりました」と神妙な顔で頷き、ファラも横目でちらりとイリアスを確認した後、かすかに頷いて見せた。

それからまた、別々に情報収集へと向かい、イリアスが屋敷に戻ったのは深夜遅くだった。

帰りは遅くなるから待たなくていい、と使用人には話していた。そのため、自ら鍵を開けて中に入ったイリアスは、「お帰りなさいませ」と挨拶をされてぎょっとした。

「オックス、寝ててよかったのにどうした？」

驚いてそう声をかけると、心なしか髭《ひげ》の先端の萎《しお》れた執事が弱った顔で切り出した。

「マイロード……実は……」

◆◇◆

（眠れない……）

明日……というか日付が変わって今日だが、倒れた時に持っていた鞄を足元に用意し、目覚めと共に屋敷を出る決意を固めていたスノウは、ベッドの中で何度も寝返りを打っていた。

本当は戻って来たイリアスに暇を告げて出て行きたかったが、やはりというかなんというか、彼は参加した夜会から戻ってこなかった。

諦めてベッドに入ったのだが眠気が一向にやってこない。

（普段ならすぐ眠れるのに……）

ふっと明かりを消すように意識が消えるのだが、今日はそれが訪れてくれない。

寝るのをあきらめて読書でもしようか、と考えて魔法燈を点《つ》ける。

足元の間接照明がともり、ぼんやりしたオレンジの光が溢れた。

壁際に置いてある本棚へと歩み寄り、どうしようかと悩んでいると、不意に扉がノックされ、スノウは反射的に暖炉の上に置かれた時計に目をやった。

夜明けの時刻の方が近い時間帯だ。

思わず立《た》ち竦《すく》んでいると、再びノックの音がして、続いて「スノウ？」という囁き声が聞こえてきた。

（イリアス卿？）

どきりと心臓が跳ね上がり、スノウは逡巡《しゅんじゅん》する。だがやっぱり何も言わずに出て行くのは気が引けて、ナイトウエアのままだということもすっかり忘れてそっと扉を開けた。

（うわぁ……⁉）

夕方見たのと同じ、光り輝く容姿に、ほんの少し陰りを帯びた雰囲気のイリアスが立っている。

やや乱れた前髪が端正な顔立ちに影を落とし、上着のない、ウエストコートとシャツ姿は普段の彼と違って見える。

どこか……気だるそうな……危険そうな……？

「あの……どうかしましたか？」

ドアノブから手を離さず、いつもと違う表情の彼を正面から見据えることもできず、シャツの胸元に視線を落とす。

「執事に聞いた。君が……出て行こうとしてるって」

低く呟かれたその言葉に鼓動が更に速くなり、ぎゅっと胸元を握り締めた。

スノウの脳裏に彼が連れていた美女の姿が蘇り目を上げることができず、視線を固定したまま「ええまあ」と曖昧に答える。

「もうだいぶ体調も回復しましたし……こちらにお世話になって二週間近くになるので……もうそろそろ寮に戻ろうかなって」

目を合わせないまま暇を告げるのは失礼に当たる。

そう考えて、スノウは意を決して顔を上げる。

だがその瞬間、彼女は後悔した。

何故なら、戸枠と扉を掴んだイリアスがぐいっと顔を近寄せ、吐息がかかる距離でスノウを覗き込んできたからだ。

「イ、イリアス卿⁉」

「やっと元気を取り戻したばかりだろう？　まだ顔色だって悪い」

そっと指の背で頬をなぞられてひゅっと息を吸い込む。かすかにお酒の香りがして、スノウは彼が酔っ払っていると判断した。

「卿はずいぶんとお酒を飲んだようですね？　酔っぱらってらっしゃる」

「俺はすこぶる理性的だ」

「そうは思えません」

両手を伸ばしてぐいっと彼の身体を押し、スノウはイリアスを廊下へと押しやろうとする。

「とにかく、私は元気ですし、顔色も良くなったと所長に言われてます。だから――」

「駄目だ」

作業場に引き籠っているだけのスノウが、聖騎士のイリアスに力で叶《かな》うわけがない。

ぐいっと押し戻され、踏ん張るも部屋の中へと押し込まれる。イリアスの背後でぱたん、と無情にも扉が閉まり、スノウはイリアスに捕まれた腕を振りほどこうとした。

だが、それよりも先に、逞しい両腕にしっかりと抱きしめられて死ぬほど驚いた。

「な……!?」

「行かせない」

首筋で囁かれ、ぞくりとスノウの肌が震える。かすかな彼女の反応に気付いたのか、イリアスはひょいっとスノウを抱き上げるとそのままベッドへと横たえた。

「あの……」

慌てて上半身を起こそうとするも、ベッドを軋ませて乗り出したイリアスに押し倒される。

(え……?)

両手を枕元に縫い留《とど》められ、腰を彼の両膝に挟まれた格好で見上げる。

魔法燈の淡く暗い、オレンジの光の中で、彼は今すぐにでも何かに食らいつきたいような表情でスノウを見下ろしている。

心拍数が上がり、心臓が耳元に張り付いたように鼓動の音だけが聞こえてくる。

突然の出来事に思考が回らず、惚けたように捕食者を見上げるスノウは、彼がゆっくりと身を伏せ、さらりとした前髪が額に触れるのを感じた。

「……彼女が言ったことは一理あるな……」

「――……へ？」

ふっと妖し気に、濃く美しい蒼の瞳が輝く。それに魅せられ、動けなかったスノウは続いて降って来た唇を拒否できなかった。

「んぅ⁉」

今まで、彼は頬や額、唇の横に掠めるような口付けをしてきた。

だが今、スノウの唇を温かく柔らかな物が覆っているのだ。

唐突過ぎるキスに戸惑い、顔を背けようとするが、ぐ、と更に強く唇を押し付けられて身体が震えた。

それでもなけなしの理性をかき集めて顔を背けようと首に力を入れれば、ふっとイリアスの唇が離れた。だがほっとしたのも束の間《つかま》、角度を変えて口付けられる。

「⁉」

今度はしっとりと柔らかく上唇を食まれて身体の芯が熱くなる。甘い声が漏れ、それに気を良くしたのか、スノウの理性を奪うようにイリアスは何度も何度も口付けを繰り返し始めた。

（あ……だめ……）

沈黙していた思考がじわじわとこの状況の危険さを訴え始めた。

彼は絶対に自分のものにはならない。だってイリアス卿にとってスノウはペットのような存在だ。

それなのにスノウは彼に惹かれ始めている。

（そう……私……イリアス卿のこと……）

でも今ならまだ引き返せる。屋敷を出て行こうと決めたのは、これ以上イリアス卿に心の一部を明け渡してはいけないからだ。

渡してしまったら……きっと戻れず、深く傷つくことになる。だって彼の隣にはあんなに華やかな美女がいるのだから。

(これ以上は駄目)

こういう口付けは、ちゃんと気持ちが通い合った者同士がするものだ。

だから……だから……。

「集中して」

そんなスノウの葛藤に気付かないイリアスが、柔らかく唇を触れ合わせたまま低く囁く。熱く、甘い吐息の振動が柔らかな唇の皮膚をくすぐり、ぞくりと肌が粟立《あわだ》った。

「なにを……」

思わず言葉を紡ぐと、その隙を逃さず熱いものが口内になだれ込んで来た。

「っ」

「ん……」

掠れた吐息がイリアスから漏れ、不思議な弾力を持ったものがスノウの舌を絡めとってなぞる。

数秒遅れてスノウはそれがイリアスの舌だと気付き、ぞくぞくしたものが一気に背筋から脳天へと駆け上がった。

深く甘い行為は怖い。引き返せなくなるのが嫌で思わず舌を引こうとするが、スノウの中に侵入したイリアスがそれを許さない。

絡め取り、自分の方へと誘い込む。シーツに縫い留められた手首に力を籠《こ》めるが更なる力で抑え込まれ逃れられない。

火傷《やけど》しそうなほど熱いイリアスの舌は彼女の舌に飽いたのか、歯列の裏をなぞり、口蓋をくすぐって今まで感じたことのない刺激をスノウの身体に送り込んだ。

時折唇が離れて濡《ぬ》れた音が響き、それでも舌を絡ませるため甘い疼きが止まらない。

（……だめだ……）

拒絶と危機感を溢れさせていたスノウの心は、今度は別のものに侵略されていく。

彼を求めるように……彼から与えられる甘美な刺激のみを追うように……じわじわとイリアスの体温が流れ込み、スノウの手首に込められていた力が抜けた。

それを陥落の合図だと悟った彼が、くったりと力の抜けた彼女の身体を抱き寄せて更に深いキスを贈る。

（食べられてる……みたいな……）

彼の胸元に添えるだけになっている手でそっとイリアスのシャツを掴めば、焼けるように熱い肌を布越しにも感じた。

後頭部に添えられた彼の手がくしゃくしゃにスノウの髪を乱し、鼻にかかった甘い吐息が意図せず漏れると、触れた彼の胸元が震えた。

「スノウ……」

低い声が唇を掠める。

後頭部を支えるのとは反対側の手が、ゆっくりと腰を撫でて持ち上げられ、覆いかぶさるイリアスの身体に沿うように背をしならせる。

太ももの辺りに硬いものを感じて、桜色の靄《もや》に包まれていたスノウの意識が一瞬だけクリアになった。

「⁉」

「……ごめん。止まらない」

焦点が合わずぼんやりとしか見えなかった彼の顔がふっと遠のき、次いで、オレンジの仄暗い明かりの下に再び晒される。

（わ……）

いつもの爽やかイケメンとは程遠い、ぎらぎらとした光を宿した眼差しに自分が映っている。

「あっつ……」

苛立ったようにそう零してそっとスノウを放すと、身を起こして着ていたウエストコートを脱ぎ、シャツのボタンを外していく。彼の両膝に腰を挟まれ、横たわったままただうっとりと彼を見上げるだけのスノウは、ごくりと喉を鳴らした。

荒々しい色気とうっとおしそうに髪を掻《か》き上げる仕草が息をのむほどカッコいい。

お腹の奥が震え、スノウの唇がわななないた。

すっかりシャツも脱いでしまった彼が、再びスノウの上に覆いかぶさり、ぽかんと見上げる彼女の唇に噛みついた。

「んぅ」

頤《おとがい》をくすぐられて唇を開けば、再び舌が絡まりスノウの意識が甘い霞で埋め尽くされていく。

だが今度は先程とは違った。

彼の手がスノウの着ているナイトウエアの上を辿り、柔らかな膨らみに触れたのだ。

「っあ」

身体が震え、思わず外れた唇から声が漏れる。すかさず、イリアスが顎の下辺りにキスを切り替え、吐息が触れた柔らかな肌が粟立った。

両手が柔らかく布越しにスノウの双丘を揉《も》みしだき、識《し》らない感覚がお腹の奥から湧き上がってくる。

「んっ……ふ……」

きゅっと唇を噛んで、漏れ出る声を我慢しようとする。イリアスはそれが気に入らないようで、顎の下の薄い皮膚にちゅっとキスをした後、濡れた舌を這《は》わせた。

「ああっ」

くすぐったい、むず痒《がゆ》い刺激に反射的に声が漏れ、逃れよう首を逸らすが、露《あらわ》になった首筋をイリアスが唇で辿る。

思わず背が弓なりになり、図らずも胸を包む彼の両手に柔らかな果実を押し付ける形となった。

「可愛い」

くす、と微笑むのが首に触れる吐息からわかる。

その甘やかな刺激と繰り返される口付けに再び思考が溶けていく。

これ以上は駄目だと、そう訴えなければいけないのに抗議の言葉はスノウの意識の遠い所に追いやられ、もっと触れてほしいという欲求が膨らんで来る。

それを敏感に察知したイリアスが柔らかなシルクのナイトウエアの上からきゅっと胸の先端を摘まんだ。

「きゃ」

甘く疼くようだった胸からの刺激が、ぱっと激しく鋭くなる。

直接腰の奥へと刺激が届き、スノウは驚いて目を見張った。

「や」

慌てて彼の手首をつかむが、イリアスはスノウの反応に目を細め、息をのむほど艶っぽく笑うと硬く尖り始めた胸の先端を服の上から柔らかく、そっとこすり始めた。

「あんっ……ふ……」

漏れる声が恥ずかしくて、思わず唇を噛む。そのスノウの様子に気付いたイリアスが、両手で彼女の胸を愛撫《あいぶ》しながらキスを落とした。

噛み締める柔らかな唇の皮膚を舌先でなぞり、窘《たしな》めるように囁く。

「駄目だよ。傷がつく」

執拗《しつよう》に唇のあわいをなぞられて、我慢できずに薄く開く。

「そう。いい子」

優しく告げられた誉《ほ》め言葉に、何故かきゅん、と心臓が引き絞られてスノウはきゅっと目を閉じた。

とにかくこの……色気の塊のような存在を視界から締め出さないと大変なことになる。

だが、視界を閉じたことで感覚がより敏感になりゆっくりと円を描くように揉まれ、先端を指先で軽く引っかかれる感触が倍になったように感じた。

(だ……駄目ッ……声が……)

ん、と鼻から声を漏らし我慢するも限界が近い。

やがて唇から離れたイリアスがきゅっと持ち上げた両胸の先端に、ぱくりと噛みついた。

「ひゃあ⁉」

思わず声が漏れる。

柔らかなシルクの上から熱い舌が先端を転がし、硬いものがそっと乳首を食む。布越しにも感じる柔らかさと硬さの相反する刺激に、スノウは自由になった手でシーツを握り締めた。

身をよじり、もたらされる快感から逃れようとするが、イリアスは執拗に彼女の胸を舌で弄び、吸い上げる。

「……これ、脱がせてもいい？」

吐息を漏らして顔を上げた彼の、熱い額が首筋に触れる。荒い吐息を感じ、スノウは二律背反する感情に引き裂かれそうになった。

もちろん、脱がせてはいけないと理性が訴える。

イリアスは優しくて、スノウを屋敷に置いてあれこれ世話を焼いてくれている。だがそれは「弱っていた人間を放ってはおけない」というだけで……二人の関係には将来を約束するような愛や恋では無いのだ。

ないのだが。

（勘違い……しちゃうから……）

今日、屋敷にやってきた華やかな女性を目にして気付きたくなかった思いに気付かされた。

彼の優しさを……視線を……触れる手を、身体を……他の誰にも渡したくない。

（……そんな風に考えちゃ……だめなのに……）

スノウがイリアスに独占欲を持ってはいけない。彼の気持ちはスノウが求めるものではないのだから。

だからこれ以上は駄目だ。

逡巡し、半分開いた唇を震わせる。だがスノウの答えが望まないものだと悟ったのか、イリアスは回答を聞かず、ナイトウエアの裾を引き上げた。

「あ」

熱を孕《はら》んだ彼の掌がするっと太ももを撫で、薄い腹の上をゆっくりと辿って行く。彼の腕に押し上げられる形で裾が持ち上がり、お腹の辺りにくしゃりと溜《た》まる。そのシルクの海を貫いて彼の手が柔らかな胸に辿り着き、直接触れた先端をくに、と指先で引《ひ》っ掻《か》いた。

「あんっ」

待ち望んだ刺激に押されて声が漏れる。

ナイトウエアの下でいたずらをする両手がゆっくりと……でも激しい熱を秘めて胸を愛撫し、熱い指先に身体の奥に灯《とも》る熾火《おきび》が更に掻《か》き立てられた。

「や……だめ……あんっ」

ベッドの上の方へと逃れようと身を捩《よじ》るが、逃がさないとばかりに、くにくにと先端をいやらしく責められ、更にはイリアスの唇がナイトウエアの襟ぐりを引っ張った。

脱いで、と暗に強請《ねだ》られているようでスノウは本能が理性をねじ伏せようとするのを感じた。

何も最後までするわけじゃない。ただちょっと……そう、尖って更なる刺激を求める先端にキスを貰うだけ……そう、それだけ……。

（——……って駄目よ！）

そんなスノウの葛藤を他所に、イリアスはどんどんスノウを甘く堕《お》とそうとする。

するっと彼の片手が柔らかな胸の膨から離れて腰をなぞり、太ももの間へと滑り込む。

ドロワーズの上から恥丘を包まれ、スノウは反射的に身を起こした。

「だめっ」

か細く掠れてはいたが……声が出た。

きょとんとした顔で自分を見つめるイリアスの、自らを攻め立てる手から逃れるようにシーツをずり上がり、乱れたナイトウエアの裾を慌てて直した。

「だ……だめです……こ、これ以上は……」

舌が上手《うま》く動かない為、迫力に欠ける口調になってしまった。

自分の身体を抱き締め、乱れて顔に掛かる銀髪の隙間からイリアスを必死に睨《にら》み付《つ》ける。

だが上着を脱いだ相手は、同じように乱れた金髪の下で軽く目を見張った後、小首を傾げる仕草とは裏腹に艶っぽく微笑んだ。

「駄目？」

「か……可愛らしく言っても……だめです」

「本当に？」

じり、と膝を突いてにじり寄って来る。

ふわりと温かな彼の体温と柑橘系の香りがスノウの身体を包み込み、彼の手によって点けられた炎がずくんと重い刺激を伴って燃え上がった。

「だ、だめ……」

聖騎士らしく、鍛えられて張りのある二の腕と肩を押し返すも、くすりと微笑む唇から目が逸らせない。

彼の目を見た瞬間……恐らく飲まれること間違いなしだ。

「……じゃあ約束して」

彼はどこか強請《ねだ》る様な響きを込めた口調で、ヘッドボードに背を預けるスノウを両腕で囲う。

びくりと身体を震わせ、恐る恐る視線を上げれば、オレンジの明かりを受けて鈍く輝く金色の乱れた前髪の下で、イリアスが真剣な眼差しでスノウを見つめていた。

「出て行かないよね？」

ひゅっと息を吸い込む。射貫くような鋭い蒼の瞳に捉えられ、片手で頬を包まれ視線が合うよう強要されて逸らせない。

「ここにいるよね？」

更に甘い声が耳朶を打ち、ゆっくりと顔を寄せたイリアスの熱い唇が耳殻を食んだ。

ふるっと身体を震わせ、スノウはきゅっと目を閉じたままこくりと一つ頷いた。

「よかった」

ほっとしたような声が脳裏に響き、目を開けるより先に両腕に身体を攫《さら》われベッドへと沈み込む。

「拒絶されたら無理やり俺のものにするところだった」

「え⁉」

きゅっと抱き締められるのと同時に物騒な単語が聞こえて思わず顔を上げる。それを阻止するようにさらに強く抱き込まれスノウはばくばくと激しく打つ心臓を宥《なだ》めようとした。

（……しっかりして、スノウ……彼には素敵な人がいるんだから……）

だがイリアスに抱き締められたままでは、今囁かれた言葉をどう解釈していいのか……思考が働かない。

「……安心して。今日はもう何もしない」

ぐるぐると考え込むスノウは、耳元から吹き込まれた言葉に更に混乱する。

「…………ありがとうございます……？」

一応、謎の感謝を告げるも、一向にイリアスの腕は解かれず淡い魔法燈が照らす室内で、二人ベッドで抱き合ったままだ。

「あの……」

耐えられず声を上げれば、「しー」と彼が囁き声で答えた。

「なんとか宥めようとしてるところだから……動かれると保証できない」

不意に腰の辺りに感じる硬さにスノウがびしりと固まった。かあっと熱くなった頬を隠すよう両手で顔を覆えば、甘い溜息が聞こえてきた。

「明日も仕事だろう？」

「いえ、明日は休息日なので……」

「そうか……でも一回ですむか自信ないしな……」

「え⁉」

物騒どころか意味がわからない。

再び身を硬直させると、くすくす笑う声が聞こえ、揶揄《からか》われたのだと悟る。それでも動くことができずにいると、優しい声が身体に響いた。

「いいから。眠って」

腕は解かれることはなく、自分の鼓動ばかりが耳に響く。

だがしばらくすると、乱高下しすぎた気持ちのせいで疲労が広がっていくのがわかった。

彼の腕は温かく……あんなことがあったというのに、何故か安心してしまうのはこの柑橘系の爽やかな香りのお陰だろうか。

（……なんか……もう……）

ふっと目を伏せるとただ身体を包むぬくもりだけが染みわたり、スノウは身体から力を抜いた。

その柔らかくしなやかな肢体を、イリアスは両腕で包んだまま吐息交じりに呟く。

「……出て行かせない……」

甘い声が消えゆくスノウの意識の端にぽつん、と落ちて透明な水をわずかに濁らせるように沁みていく。

「……好きだよ……」

確かにそう言われたのだが、それを追いかけることなくスノウは夢の中に落ちて行ってしまった。

◆◇◆

銀嶺の中でも一、二を争う美男子で、聖騎士でありながら気品ある立ち振る舞いをするイリアスを、ダイアナは密かに狙っていた。

その彼にエスコートされてパーティ会場を出て行く、赤い髪の美女をダイアナは手にした扇の陰から睨みつけていた。

（ファラ・フィリッツ……）

艶やかに塗られた親指の爪を噛み、ダイアナは副官として付き従う彼女を妬まし気に睨みつける。

だが真の脅威は彼女ではない。

イリアスと一度任務を共にし、その強さと礼儀正しい仕草に惹かれたダイアナは、それ以来、彼に近づく女性たちの牽制《けんせい》に余念がなかった。

イリアスに目を輝かせる女性たちを談話室に呼び出して「もう近寄りません」と宣言させたり、業務連絡以外は話しかけるなと厳命したり。

ダイアナはブロード侯爵家令嬢なので、爵位が低い令嬢たちは従うしかなかった。

ファラを呼び出したこともある。

だが彼女は実力があり、ダイアナが牽制した際、「何を言っているんだ？」という態度で終始呆《あき》れ返《かえ》り、イリアス卿に近づくなと警告した際には鼻で笑う始末だった。

イリアスがファラを重宝するのは、銀嶺に所属する女性たちの中でも実力があるからだ。

それならばと、ダイアナも金に糸目をつけず高価な魔道具を身に着け、力を得ようとしたのだが上手くいかない。

苛立つ中、更にダークホースが現れた。

（……魔道具製作所のスノウ・ヴィスタ）

こういった夜会や舞踏会に姿を表さない地味な子爵令嬢は、いつも青白い顔に艶の消えた銀色の髪、目の下にはクマというういで立ちで製作所に詰めている。

街屋敷《タウンハウス》を借りられない貧乏貴族である彼女は、宿舎にも帰れないほど仕事を溜《た》め込《こ》む無能だとダイアナは視界にも入れていなかった。

なのにあの朝、イリアスは自己管理のできていないあの女を抱き上げて、更には自分の屋敷に連れて帰ったというではないか。

（最近は魔道具製作所に入り浸っているというし……腹の立つ）

爪に亀裂が入るのにも気づかず、ダイアナは強く噛み続ける。

ファラは確かに目障りだがイリアス卿に目を輝かせることが無いとようやくわかった。だがスノウはどうだろうか。

「お久しぶりです、ブロード侯爵令嬢」

この場にいない人間に苛立ちを募らせていると、不意に柔らかな低音が耳を打ち、冷たい表情のままダイアナは振り返った。そこに立つ紳士に軽く目を見張る。

「あなた……」

そこにはファラに対抗すべく強力な魔道具を探している際に見かけた紳士が立っていた。

「実は是非、侯爵令嬢にお目にかけたい逸品を手に入れたのですが……いかがですかな？」

おもねるようなその口調に、ダイアナは上品に扇も持ち上げ微笑んでみせた。

3　襲いくる闇を退ける甘すぎる一夜

結局スノウは屋敷を出ることが叶わなかった。

目が覚めて、自分を抱き締めて眠るイリアスの端正な顔を見上げたスノウは、瞬時に蘇った昨夜の記憶に頭が沸騰しかかった。

いたたまれずベッドから逃げ出そうとした彼女を、目覚めたイリアスが驚異の身体能力を発揮して捕まえ、シーツの海に引き戻す。離して、離さない、起きましょう、もうちょっと、を繰り返したあげく、日が高くなってから「今日は一日一緒に過ごす」という約束をしてようやく解放されたのだ。

すでに昼になってしまっていたが、朝食をテラスで取りながらどこに行きたいかと尋ねられた。

イリアスと一緒に出掛けることで自身の勘違いが増幅しそうだったが、絶対に逃がさないと圧のある笑顔を向けられ、約束してしまった手前断ることもできず、スノウは一度食べてみたかったスイーツの話をした。

高級住宅街、アフローテ地区のお店で出される、カスタードの海で泳ぐ茹《ゆ》でたメレンゲのスイーツだ。

噂《うわさ》に聞いて知っていたらしいイリアスが二つ返事で了承し、二人で出かけることになったのだが……。

「確か、白地に金のデイドレスが無かったか？　あれを着てほしい」

出かけるとなると外出着に着替える必要がある。

何故かスノウの部屋のクローゼットの前までついてきたイリアスが、さっさと中から該当のドレスを引っ張り出す。

「うん、これがいい」

目を白黒させるスノウにドレスを手渡すと、立ち尽くす彼女の頬にちゅっとキスを落とした。

「⁉」

「俺は馬車を用意してくるから。支度ができたら玄関ホールで待ってて」

去っていく彼後ろ姿を唖然として見送っていたスノウははっと顔を上げた。

（ていうか今の……何⁉）

昨日からどうにもおかしい。――……いやそもそもスノウを屋敷に連れて帰り、そこから職場に通っている現状が最もおかしいのだが、その点については考えるのをあきらめている。

（……これって……どう考えても……デート……だよね？）

でもデートって恋人同士がするもので、特にそうでもないスノウとイリアスがするのは違うような……。

とそこまで考えて、急にスノウは耳まで真っ赤になった。

特にそうでもない、わけではない。

昨夜、彼の手が胸のふくらみに触れ、先端を愛撫された。湿って熱い舌が乳首を転がし大きく揉まれ、最後にはその手が下腹部の下の……。

声にならない声を上げて、スノウは追いかけてくる記憶から逃れるようにその場にしゃがみ込む。

(ひゃああああああ)

耳まで赤くなっているのを隠すように両手で覆う。

彼はどういうつもりであんな真似をしたのだろうか。そして、そこまでしてスノウをこの場に留め置こうとするのは何故なのか。

今もどうして……スノウと一緒にレストランに行こうとしているのか。

(………だ、駄目よ……スノウ・ヴィスタ……期待しては駄目)

彼からもたらされる行為が全て……「恋」や「愛」に由来するなら物凄く納得できる。

だがスノウはイリアスからそれらしい言葉を貰っていない。

(……何となく好きだって言われたような気がするけど……)

自分の願望が見せた夢だったのだろう。

(……願望)

腕の中にある、金のリボンが付いた艶やかな白地のデイドレスは、上品で可愛らしい。

このドレスの存在を知っているということは、彼が選んだということだ。

(ここまでされて……あんな風に触れられて……なのに全然嫌じゃない……)

これでイリアスを好きになるなと言われても無理だ。

ぼうっとしゃがみ込んだままドレスを眺めていると、不意にノックが響き、立ち止まって振り返るのと同時に手に大きな箱を持ったメイドが入ってきた。

「あ……あの？」

首を傾げるスノウの前で、彼女は「ご主人様から頼まれました」と華やかな笑顔を見せた。

「さあ、社交界中が驚くほど可愛らしくなりましょうね」

すちゃっと化粧道具を取り出して、うふふふふ、と笑う彼女にスノウは笑顔をひきつらせ……イリアスに相応しく装うのは当然かなとどこかそわそわしながら思うのだった。

◆◇◆

イリアスは自分で自分の首を絞めているという自覚があった。

支度を終えて現れたスノウは、その名の通り透き通った雪の結晶のような儚《はかな》さと愛らしさがあった。

彼女をエスコートして馬車に乗せる時、触れた手にどきりとし、到着したレストランで真正面に座って緊張に頬を赤く染めているのを見て、自分の身体の奥にどんどん熱が降り積もって来るのがわかる。

（だ……駄目だ……）

ごほん、と咳ばらいをして泣く泣くスノウから視線を引き剥がす。

このまま見つめ続けると、我慢できずに触れてしまった昨夜のようなことになる。

彼女が自分の元からいなくなると思ったらいてもたってもいられなくなったのだ。

アルコールの助けを借りて彼女の部屋に乗り込み、その身体を奪おうとした。だが、激しい口付けと胸への愛撫だけでどうにか自分を押《お》し留《とど》め、逃がさないとばかりに両腕に囲って休んだ。

ほぼ眠れなかったが、腕の中ですやすやと眠る彼女を見つめる夜は……拷問でもあり褒美でもあった。

発散されない熱が体内で渦を巻いているが、素知らぬふりをどうにか貫く。

朝からずっと鋼の様な自制心をもって普段通りを装って来たのだが、純白に金の差し色が入ったデイドレスは柔らかな包み紙のようだし、ウエストに巻き付いているリボンを解いたら甘いお菓子のような身体が飛び出してきそうで……理性が揺さぶられる。

「食べないんですか？」

「え⁉」

不意に告げられたスノウの言葉に、イリアスの脳内の妄想が激しく展開する。

美しい肢体を腕で隠したスノウが、耳まで真っ赤になってイリアスを見上げ「食べないの？」と……。

「…………食べるよ。おいしそうだね」

何についてそう言っているのかわからなくなりながらも、ごほんと咳払いをして供された皿に無理やり視線を落とした。

バニラの香りがするクリーム色のソースの海に、ぷかりと真っ白なメレンゲが乗っている。

綿雲のようなふわふわなそれの上には、キャラメルが糸のように掛けられており、スプーンですくって口にするとゆっくりと萎《しぼ》むように口の中で溶けていく。

最近では「スイーツ大好き騎士」として銀嶺内では認識されているようで、確かにスノウのために沢山お菓子を食べてきたが、三本の指に入るくらい好きかもしれない。

そう感心しながら繊細なお菓子を口にしていると、ふと視線を感じて顔を上げた。

同じようにスプーンに雲の塊を乗せたスノウが小さく微笑みながらイリアスを見ている。

「……どうかした？」

ちょっと首を傾げて尋ねると、はっと気づいた彼女が大急ぎで視線を落とした。

「あ……甘いもの……お好きなんだなって」

特に好きだったわけではないが、と考え不意に口から本音が零れる。

「君に食べさせたいなと思って食べ始めたのがきっかけだから……甘いものが好きというより君が好きになるのかな？」

さらりと告げてスノウを見れば、ぽかんと口を開けた彼女の白皙《はくせき》が、見る見るうちに真っ赤になるのがわかった。

「な……そ……ちょ……」

（なんですかそれ、ちょっと待ってください、かな？）

正確に彼女の反応を読み取り、鼓動が速くなるのを覚えながらイリアスはゆっくりとスプーンを置く。少し緊張し、笑顔が引き攣る気がしたがそれでも真っ直《ます》ぐにスノウを見た。

「昨日言ったと思うけど？」

肘を付き、指の背に頬を乗せて斜めに彼女を見れば、こくん、と細い喉がうごめくのが見えた。

「き……のうのことは……あ……んまり……よく……覚えて無くて……」

うろうろと視線を彷徨《さまよ》わせて告げるスノウの耳が赤い。そこを唇で食んだらきっと信じられないくらい熱いのだろう。

「そうなの？　じゃあ改めて告白しないと」

「⁉」

唖然とするスノウを見つめたまま、イリアスは口を開こうとして。

背後から響く、不快極まりない声を聴いて眉間に一本深い皺を刻んでしまった。

「ロード・イリアス！」

赤くなっていたスノウもぱっと顔を上げ、それから思い出したくないことを思い出したのか、口の端を下げている。

「レディ・ダイアナ」

振り返ると、遠く、入り口のカウンター横にピンクと水色のドレスを着た彼女が立っていた。

彼女は大きく手を振ると、広い店内をかさばるスカートを引きずって突進してきた。

仕方なく、礼儀に則《のっと》ってイリアスは立ちあがり、ふと、正面に座るスノウを振り返れば、彼女はボンネットを深くかぶり直して俯いている。

彼女を自分の連れとして紹介し、二度とあんな無礼な真似をしないよう釘を刺そうかと考えるが、それよりもやっと顔色が健康的になり、元気になりかかっている彼女をストレスに晒したくない。

「彼女は俺が相手をするから、君は離れてて」

肩を竦めて縮こまろうとするスノウにそっと囁き、食べかけの皿を取り上げると素早く隣の席に置いた。

ダイアナはスカートが椅子に引っかかって身動きが取れず、忌々し気にそれを引っ張っている。

その間に、イリアスはスノウを隠すように動いて彼女が隣の席に、ダイアナに背を向ける形で座るのを見届けた。

それから天板に置かれていた彼女の手に自分の手を重ねた。

「待ってて。すぐ追い払うから」

安心させるよう断言すれば、自分の掌の下で彼女の手がぴくりと震えるのがわかった。きゅっと握り締めると、顔を上げたスノウが、その銀色の瞳にイリアスを写したままこっくりと頷いた。

絶対にストレスに晒さない、と密かに心に誓っていると、スカートの鎖から解き放たれたダイアナが再び突撃してきた。

それを鉄壁の笑顔で迎える。

「今日はこちらでお食事ですか?」

先制攻撃、とばかりに仕事で使うのと同じ声音で告げれば、ちらりとイリアスのテーブルを確認したダイアナが不審そうに眉を寄せる。

「誰かとご一緒だったのでは?」

「ええ、さっきまでは」

「どなたと?」

探るように上目遣いで尋ねるダイアナに、イリアスは笑みを崩さない。

「それをあなたに言う必要が？」

ひやりとした刃をにじませた声に、ぎくりと彼女の背が強張った。

慇懃《いんぎん》に笑うイリアスを前にダイアナが不快そうに眉を寄せる。だがそれも一瞬で消え、今までスノウが座っていた席に手を置いた。

「ではご一緒しても？」

（長期戦はごめんだな）

皿の中は半分ほど残っている。食べずに帰るのは勿体《もったい》ない。だがここで座り直したらダイアナとつまらなくて死にたくなるような会話を繰り返す羽目になる。

決断まで時間がない。色々と計算していると、不意に背後のスノウが「きゃっ」と短い悲鳴を上げた。

はっとして振り返ると、半分腰を上げた彼女のドレスに紅茶が零れている。

「大丈夫ですか？」

「ええ、お気になさらず……」

か細い小声が囁き、恐縮した様にしずしずと彼女が席を離れる。飛んできた店員が「大丈夫ですか？マイレディ」と声をかけるのを手で制して、スノウはうつむきがちに店を離れようとした。

その彼女にイリアスは咄嗟《とっさ》に提案する。

「しかし、そのドレスで人前に出るのは気になるのではないですか？」

そっとスノウに近づき、ぎょっとする彼女にダイアナにばれないよう、片目を瞑って見せた。

「よろしければ、わたしがご自宅までお送りします」

にっこり笑って宣言し、イリアスはあっという間に彼女を抱き上げた。

「というわけで、すみません、レディ・ダイアナ。困っているご婦人を放ってはおけませんので」

スノウの顔を隠すように胸元に抱え込み、唖然とするダイアナを横目に、飛び切り優しく囁く。

「侍女はどちらにいますか？」

そっと額を寄せてボンネットの中を覗き込めば、目を白黒させたスノウが飛び込んできた。

「ど、どど、どうか……あの……」

裏声で誤魔化そうとするスノウに、イリアスは満面の笑みを見せた。

「ここで困っているご令嬢を放っておくような男にさせないでください。あ、君」

騒ぎを聞いて駆けつけたボーイにチップを差し出す。

「支払いはレドナ公爵家の別邸に」

「かしこまりました」

うやうやしく頭を下げる彼に背を向け、イリアスは呆然と佇《たたず》むダイアナに反論を許さないと笑みを見せた。

「ここのスイーツ、本当に美味しいですから、どうぞごゆっくり」

口をぱくぱくさせる彼女を横目に、イリアスはスノウを連れて店内を大股で歩いて行く。

ちらっと確認した限りでは、彼女は新作スイーツをきちんと完食していたようだ。

「さっさと戻ってドレスを着替えなくちゃね」

店を出て、通りに止めてあった自家の馬車に乗り込む。耳元で囁けば、びくりと彼女の身体が震えた。

「ご、ごめんなさい……真っ白なドレスを……」

かすれた声で謝罪するスノウを膝に抱えたまま座席に座り、ゆっくりとボンネットのリボンを解いた。

「俺のため、だろ?」

じわじわと身体の奥から熱いものが込み上げてくる。低く囁けば、柔らかなレースとシルクのリボンで縁取られたボンネットの下から銀色の髪が弾むように零《こぼ》れ落《お》ちる。

きらきらした星の光のような彼女の瞳を間近で見つめ、ピンク色の染まる頬にそっと人差し指を這わせる。

「も……もっとかっこよく……助けられたらよかったんですけど……」

居心地悪そうに身じろぎし、自分を抱えるイリアスの膝から下りようとする。それを、腰を抱いて離さない。

「いや、助かったよ。半分しか食べられなかったのが残念だが……あのままレディ・ダイアナの相手をするのも面倒だったしね」

さらりと告げれば、イリアスの視線から逃れるよう、うろうろしていた彼女の眼差しが彼に向いた。

「イリアス卿はレディ・ダイアナのことはどうとも思ってないのですか?」

そっと伺うように尋ねられて、イリアスは目を瞬く。

「ええ、全く」

「……そうなのですね……」

ほっとしたような顔をするスノウに、イリアスはむっと眉を寄せた。

「もしかして、俺がレディ・ダイアナと会話するのを楽しみにしているように見えた？」

思わず半眼で尋ねると、ぱっと目を上げたスノウが気まずそうな、ぎこちない笑みを浮かべた。

「そうではないのですが……あの……男性はああいう……綺麗な人がお好きなのかなって」

言いながら彼女の視線が落ちていく。その様に違和感を覚えながら、イリアスは静かに言った。

「俺が誰よりも気になるのは君だよ、スノウ」

低く、真剣な様子で告げられたイリアスの言葉に、スノウが目を丸くした。

「え？」

「ずっと君が気になっていた。初めて出会った時からずっと……。いつか倒れるんじゃないかって」

ぱちぱちと目を瞬くスノウを、真剣なまなざしで捕らえ、そっと伸ばした手で彼女の銀色の髪に触れる。

頬の横で柔らかく揺れるその銀糸の感触を楽しみながら、イリアスはゆっくりと顔を近づけた。

「無責任な連中が酷いことをしないか……無茶な要求をしないか……ずっとそれが心配だったんだよ」

スノウの瞳の中にほのかな光が宿る。きらきらと揺れるその光彩を見つめながら、イリアスは薄く開いたスノウの唇にそっと口づけた。

膝の上で彼女が強張り、触れ合わせた柔らかな皮膚が震えるのがわかった。そのままゆっくりと強く押し付ければ、「ん」と甘い声が彼女の喉から漏れた。

「スノウ……」

唇を触れ合わせたままゆっくりとイリアスは言葉を紡ぐ。

「俺が誰よりも心配するのは君のことだよ」

そのまま軽い音を立ててスノウの唇をついばみ、ドレスの上から背中をなぞる。

キスを深めたくなるのを必死に堪え、イリアスはゆっくりと顔を離した。

赤く色づいた唇をほんのりと開いて、目元に朱を刷《は》いたスノウが自分を見上げている。

今すぐ座席に押し倒し、恥じらうように喉を逸らす顔が見たい――……そんな欲求が込み上げて来て、イリアスは堪えるように奥歯を噛み締めた。

「……ごめん」

「へ？」

急に与えられた甘美な感触から覚めたような表情をするスノウを、イリアスは両腕で抱き締めた。

「ちょっと……このままでいさせて」

離したくない。でも離さないとこの場でよからぬことをしてしまいそうだ。

それを堪えるように、彼女の首筋に顔を埋めてくすぐるようにキスを繰り返していると、不意に馬車が止まった。

「イ、イリアス卿！」

御者が降りて扉を開ける気配を感じ、スノウが慌てたようにイリアスの袖を引っ張る。

ぎりぎりまで彼女の柔らかな肌を楽しみ、必死になった彼女がぱしぱしと腕を叩き始め、笑みを堪えながら彼はゆっくりと顔を上げた。

そうして、扉が開くのとほぼ同時に彼女を抱えたまま器用に立ち上がった。

「きゃ」

「すまないがグレイブス夫人を呼んでくれないか？　彼女のドレスを汚してしまった」

「かしこまりました」

出迎えに来た執事が家政婦頭を呼んで来ようとそのまま屋敷の奥へ走っていく。

抱えられたスノウが頬を真っ赤にし、メイド達の笑顔に目を白黒させている。

その様子を見つめ、イリアスは色々あったが結果的にはとてもいい外出だったと胸の裡《うち》で自画自賛するのであった。

◆◇◆

(駄目だ……集中できない……)

机の上に置かれた修復依頼品を見つめ、スノウはげんなりした顔で溜息を吐く。

昨日の出来事が衝撃的すぎて、ふとした瞬間にイリアスのことを考えてしまい手が止まる。そのまま五分ほどぼーっとして、はっと我に返り、慌てて集中する……を繰り返していた。

結果、納品日が迫っている剣の修復が終わっていない。

(……残業かな……)

今日中に終わる内容ではあった。それが遅々として進まない。その分を取り戻すべく、今日は残業するしかないとスノウは時計を見上げた。

イリアスを付き合わせるわけにはいかないので、スノウは席を立つと受付へと向かった。

（あれ……？）

ここ数日、昼過ぎから終業時刻まで受付に陣取っていた彼がいない。きょろきょろと玄関ホールを見渡していると、メイが奥から姿を表した。

「あ、レディ・スノウ」

書類を持って戻って来たメイがイリアスの姿を探す彼女に笑顔で告げた。

「イリアス卿から伝言で、急用ができたので今日は一人で先に帰ってほしいということです」

「！」

そうだ。彼は聖騎士で、今は休暇中ということだが本来の仕事がある。ここに居る方が特殊な状況なのだ。

（そっか……なら残業してもいいかな……？）

屋敷には連絡を入れた方がいいかもしれない。

それならば手紙を……と作業室に戻ろうとして、ほうっと頬に手を当ててメイが溜息を吐くのが見えた。

「凄い綺麗な方が見えてお話しされてて……あんな方、銀嶺にいたんですねぇ」

「え!?」

漏れ聞こえた言葉に慌てて振り返る。

鼻歌を歌いながら受付に座るメイにスノウはドキドキしながら声をかけた。

「それって……綺麗な緋色の髪の？」

「あ、そうです！　レディ・スノウのお知り合いですか？」

振り返ったメイがぱっと顔を輝かせて身を乗り出す。

「知り合いというか……私も遠くから見ただけで」

言葉を濁すと、メイが「そうなんですか」と考え込むような表情をした。

「魔道具製作所にいらしたことがあればすぐわかるんですけど……来たことはないし、イリアス卿ととても親しそうでした」

「二人はどちらに？」

「わかりません。小声でなにかお話しされてましたが内容までは……」

肩をすくめるメイにスノウは「そう」と小声で答える。それから近くにあったメモを取り上げると屋敷に伝言をしたため、メイに手渡した。

「これ、伝令に頼んでもらってもいい？」

銀嶺の仕事の関係上、施設内部外部へメッセージを届ける役目を負うものがいる。

事件に関わる大切な書類や手紙なんかは、専属の魔法が使えるものが担当しているが、それ以外は一般人の職員が担っている。

その一人にお願いするべくメイに頼めば「わかりました」と笑みを見せた。

「ていうか、レディ・スノウって今、イリアス卿のお屋敷にいらっしゃるんですよね」

宛名を見て感慨深げにつぶやく彼女に、「ええまあ」と語を濁す。

「他部署の人間にも優しい方なんて貴重ですよ？　もしかして……イリアス卿とレディ・スノウって……」

にまにました顔で見られて、スノウはどきりとする。

製作所では部下の無茶振りで倒れたスノウをイリアスが保護している、という話になっている。窓口に立っているのもその一環で、スノウに余計な依頼をしないように見張っているということだ。

――……この何とも言えない理由が成立しているのは偏《ひとえ》にイリアスが聖騎士として、そして公爵家の三男として立派な人物である、と周囲の心証がいいからだ。

（でも……）

キスをされた。心配なのは君だと言われた。好きだと……言われた気がする。

（うううううう……）

再び胸の裡を甘酸っぱいのにどこか苦くて……でも熱い塊が埋め尽くしその場にへたり込みそうになった。

あれは本当なのだろうか。

あの言葉を鵜呑《うの》みにするなら……イリアスはスノウのことが好きだから心配で、好きだからキスをして、好きだから傍にいるということになる。

でもそれを頭から信じられないのは、彼に似合いの女性《ひと》がいるとそう思うから。

「イリアス卿は立派な方よ。自分の欲望のためにレディの体面を穢したりしない」

彼のためにそう告げると、はっとした顔でメイが頷いた。

「そうですね。すみません、失礼なことでした」

「ううん、いいの」

慌ててそう告げて、スノウはほうっと溜息を吐いた。脳裏には緋色の髪の美女が浮かぶ。大きく背中の開いたドレスと、きゅっと引き締まった腰。後ろ姿からでも見事なプロポーションが予想されたその人と、イリアスは消えた。

メイに「今日は残業して帰るね」とだけ告げて、スノウは作業室へと戻ると力なく椅子に座り込んだ。

イリアスは意中の人がいるにもかかわらず、屋敷に女性を保護したりしない。

そんな下種なことをするわけがない。そんなことをしたら、意中の人から疑われたりなじられたりするだろうし。

だからあの女性とイリアスは何でもない……色めいたもののない関係なのだろう……。

そうは思うが、何故かスノウは「だから平気」とは思えなかった。

ぼうっと霞んだ視界に修復するべき剣を映す。

早いところこれを直さなくてはいけないのに、何故か集中できない。それでも無理やり気持ちを切り替えると、亀の歩みで仕事を進めはじめた。

（……綺麗な人だったってメイが言ってたな……）

どれくらい時間が経ったのか。

すっかり日は沈み、辺りが真っ暗になる。

眠らない魔道具製作所は煌々《こうこう》と明かりが灯り、作業所の真正面にある大きな窓からは製作所の明かりに照らされた庭が見えた。気付けばスノウはその景色をぼうっと眺めていた。

剣はようやうく修復が終わり、きらきらと銀の雫《しずく》を零すように光り輝いている。新たに浄化の魔法を付与したのだ。

明日にはもう一度チェックしてそれから納品になるのだが、何故かスノウは立ち上がれなかった。

(寮に帰ろうかな……)

日付が変わりそうな時刻で、銀嶺の敷地を出て歩いて帰るには物騒な時刻だ。だが寮なら敷地内なので困ったこともない。

それともイリアス卿が「遅すぎる」と迎えに来るだろうか?

流石にもう屋敷に帰っていると思うが……それとも今日は帰らないんだろうか。

例の美女と一夜を共にする……とか。

彼に触れられた感覚を思い出し、ふるっと首を振る。

彼は好きでもない女にキスはしないし、あんな触れ合いをしない。そんな人じゃない。

そう思っても……どうしても「そうだ」と納得できない。

(だって……そうだよ……イリアス卿が本当に私のことが好きなら、綺麗な女性と一緒にパーティに行ったりしない)

誠実な彼はきっと断る。そうではないということは……誠実ではない……?

「ううううあああああああ」

考えがまとまらず、情けない声を上げて机に突っ伏す。

そもそも自分はこの手の問題が苦手なのだ。領地では恋愛とは程遠い生活をしてきたし、銀嶺にも後方支援の部署にいる為、華やかな構成員とは接点がない。

毎日地味に、寮と職場を往復してきたのだ。

そこに来ていきなりイケメン騎士からあんなことやこんなことをされて混乱しない方がおかしい。

（……それとも上流階級では他に女性をキープしつつ女性に言い寄ったりするのが普通なの？）

わからない。何もかもわからない。

イリアスから連絡もないし、こちらは残業すると手紙を出した。もう夜も遅いし、スノウは寮に帰ることを決意した。

どこか……放っておかれて傷ついた気持ちもある。

（うん。帰ろう帰ろう……夜間、馬車も拾えそうもないし、歩いて帰った方が危ないし）

自分は戦闘要員ではないので非力だし。うんうん。

一人そう納得し、帰り支度をすると作業所を出た。

その時、不意に正面玄関の夜間訪問を告げるベルがカランカランと鳴った。

昼間は受付がいるので鳴らないが、夜は詰めている作業員が応対するため、来客を知らせるようベルが鳴るのだ。

夜間に魔道具製作所に来る人間のほとんどが切羽詰まっている。

深夜に悪漢や魔物と戦闘になることが多く、壊れた武器では対応できない。そういう時は持って行った予備を使うのだが、壊れた武器は速やかにここに運ばれ、任務中に直せるのなら直す方がありがたいのだ。

慌てて受付に出たスノウは、黒のローブを着て、フードを目深にかぶった人物が真っ白な魔法燈に照らされてぬっと立っている姿に動揺した。

夜を切り裂く光の中に、溶け込めない存在感を放つ姿は異質そのものだ。

「……いかがいたしましたか？」

恐る恐る声をかけると、がさがさにひび割れた声が切羽詰まったように告げた。

「レディ・スノウはいらっしゃいますか？　急ぎ頼みたい仕事がありまして」

ゆっくりとローブの袷《あわせ》が割れて、豪華な金の織布に包まれたものを取り出す。

それをカウンターに置かれ、対応しなければいけないかと、スノウは前に出た。

「スノウは私ですが……」

「よかった。わたしは伝令のモノなのデスガ……コレヲ急ギ……」

徐々にしゃべり方がぎこちなくなる。不審に思っていると、目の前の人物はゴホンゴホンと何度か咳ばらいをすると再び話し始めた。

「これを急ぎ……し、修復……しし……しーて……ほほ、ほしーのーです」

今度は壊れたレコードのように言葉がリフレインしたり間延びしたりする。

（この人……絶対人間じゃない……！）

ぞくりと背筋が粟立ち、スノウが一歩後退る。

魔道具製作所は壊れた武器や防具の修復、新たな道具の製作、そして「呪われたものの解呪」を承っている。

その関係で時にオカシナ物が持ち込まれることもあるのだ。

だが今回は――。

（目の前にいるのは傀儡《くぐつ》？　だとしたら操作系の魔法が使える人が持ってきた？　それともこれ自体が呪われた道具という可能性も……）

残念ながらスノウの「解呪」能力は解呪に特化した魔術師よりも劣る。どちらかというと加護や魔法の付与の方が得意なのだ。

（所長を……！）

誰か人を呼ばなくては自分で対処できない。

そう、異質な存在に背を向けたスノウだが、それは悪手だった。

「れでぃいいいぃすのおおぅうう」

全身が総毛立つ、地獄の縁から響くような声が背後から響き、スノウの身体が凍り付く。

（駄目だ！）

この場で棒立ちしてはいけない。回避なりなんなり……身体を動かさなくては！

そう思った時には遅かった。

一拍遅れて振り返ったスノウが見たのは、今や黒い影となり、頭頂部からぐずぐずと溶けていく黒い塊だった。

それが凝り固まった夜の雫のようなものを零しながら、真っ黒な腕と思《おぼ》しき部分をを上げて、持ち込んだ楕円形《だえんけい》の道具を掲げる。

それが一体なんなのか……スノウが見極めるより先に、ぶわりと真っ黒な影が楕円形の道具からスノウに向かって押し出され、あっという間に身体を包み込んだ。

「っ⁉」

思わず顔の前に掲げた腕を黒い闇が取り巻く。振り払おうとしても、溶けたチーズのように絡みつき、全身にまとわりつく。

必死に逃げようと謎の魔道具から身を引こうとするも、溶けた糸状の闇が絡まり、這うようにしてスノウを呑み込もうとする。

(これって……!)

がくん、と膝から力が抜け床に倒れ伏す。勢いよく両手を打ち付けたはずだが痛みがない。それよりもくらん、と視界が回りじわじわと闇が侵食してくるのがわかった。

身体が徐々に熱くなり、体内を巡る魔力が高熱を発しているようだ。

「ぐうっ……」

熱い塊となった魔力に肺が圧迫されくぐもった声が漏れる。必死に呼吸をしようと口を開けば、そこから黒い塊が入り込んできて、スノウは仰天した。

「が……げふっ……」

ごほごほと喉を鳴らして塊を吐きだそうとするが、気持ち悪い感触が喉を通って身体へと落ちて行く。

（マジで駄目なヤツ！）

本当にまずい。このままではこの黒い闇に体全部を支配され、最終的には――。

（あの……繰リ……人形ニ……さ、ささ……れーぇえぇぇルうぅぅ）

脳内の言語がじわじわと崩壊し、スノウは信じられない勢いで恐怖が身体中を巡るのを覚えた。

これでは自分は……体は生きていても……死ぬことになる。

（や……）

瞑《つぶ》った目蓋《まぶた》から涙が零れ落ち、足掻《あが》くように手を伸ばした――その瞬間。

「スノウ！」

突然扉が開き、一陣の突風と同時に清浄な空気がなだれ込み、いつの間にか淀《よど》み、澱《おり》のように溜まっていた瘴気を吹き飛ばした。

大声と同時に駆け込んできたイリアスが、彼の放った剣気による一撃でも飛ばなかった闇をまとわりつかせ倒れ伏すスノウを抱き起す。

薄い皮膚の下でもぞもぞと何かが暴れる、気持ち悪い感触を我慢しながらスノウは目を開け、真っ青な顔でこちらを見下ろすイリアスに震える唇を開いた。

「イリアス……卿……」

脳内でばらばらに壊れそうだった言語が勢いを取り戻す。

「スノウ！　しっかりしろ。今助けてやる」

高熱を出したように震える彼女の身体を抱き締め、彼は戸口を振り返った。

イリアスが何かを叫び、誰かが製作所に駆け込んで来る。翻《ひるがえ》ったローブの端に刻まれた紋章を見て、スノウは神官がいるのだと悟った。

再び視界の上下左右から黒い闇が、水面に垂らしたインクのように広がってきて危機を一時的に脱しただけだと悟る。

「……卿……」

かすれた声で囁けば、はっと下を向いたイリアスが綺麗な蒼い瞳を大きく見開いた。

「駄目だ、スノウ！　しっかりしろ！」

（いえ……無理……）

それでも意識を乗っ取ろうとする何かに抗《あらが》うように手を伸ばし、熱い彼の頬に触れるとほんの少し視界の黒が遠のくような気がした。

（聖騎士様は……光の魔力を多く持ってるから……）

聖なる力、と呼ばれるそれは人を癒したり魔を消滅させたり強い加護を与えたりできる、「正」の力だ。それに触れれば、自分に巣くおうとする「闇」の力を対消滅させられる。

――……これが「闇」の力なら。

発生元の道具はどうなったのか。それを持ち込んだ「傀儡」は何なのか。誰の使いで何が目的だったのか……。

考えねばならないことが山ほどあるのに、スノウの思考は圧倒的な力の前に霧散していく。なにせスノウが持っているのは「修復師」としての魔力しかないのだから太刀打ちできない。

「スノウ！」

イリアスの絶叫を耳の奥、遠い場所で聞きながらスノウは真っ暗闇の中に落ちて行った。

◆◇◆

魔道具製作所の大きなガラス窓の向こうで、スノウが真っ黒な影に襲われるのを外から見ていたダイアナは、驚愕に目を見張った。

製作所の周囲には畑や花壇、雑木林が広がっていて身を隠すにはもってこいだ。

彼女の姿がカウンターの向こうに消え、騒ぎが大きくなる前にと、黒いマントのフードを被った彼女は身を翻す。林の中を進み、やがて腐葉土に横たわる男性と、その前に立つ紳士が見えてきた。

「どうです？　これさえあれば、あなたは身を隠したまま邪魔な人間を行動不能にすることができる」

くすりと笑う紳士に、今の今まで懐疑的だったダイアナは、彼の足元で眠る男に視線を落とした。

彼はダイアナの屋敷の使用人で、黒い霧のようなものが薄く身体を覆っていた。

手にしているのは楕円形の鏡だ。

じっと鏡面を眺めていると、そこにゆらりとうごめく影が見え、彼女の背筋を寒気が走った。

「効果はわかりました。それで、あなたはこれをどうしようと？」

ふいっと鏡から視線をそらし、両腕を組んで顎を上げる。虚勢を張り、見下すような視線を向けるダイアナに、紳士はふわりと微笑んだ。

「これを使うのには一流の魔力が必要になる。一度使ってみましたが、残念ながらわたしにはこれを使いこなせない。……そこで、あなたとの商談なのですが」

一歩前に進み出た男が、にっこりと微笑んだ。

「わたしと契約を結びませんか？　互いの……利益のために」

◆◇◆

（あれ……おばあちゃん？）

いつも心の中で声をかけるスノウの祖母が、スノウの実家にある作業場の、小さな木の机と椅子に座っている。なにかの道具の上に手を翳《かざ》し、魔法を施して修理をしているようだ。

一体何の道具だろうと、そっと近寄ったスノウが祖母の手元を覗き込む。

『スノウ。長く大事に使われたものには心が宿るんだ。だから大事に大事にしてあげるんだよ』

不意に祖母の声が聞こえ、彼女ははっとして椅子に座る祖母を見た。

顔を上げた彼女と視線が絡むと、スノウの祖母はにかっと笑ってグローブを嵌《は》めた手をゆっくりと修理品から外し、それが何か見せてくれた。

掌サイズのころんとした小さなウサギのマスコット。

（あれ？　……これって……）

次の瞬間、ウサギのマスコットがむくりと自分で起き上がり、小さな身体をよろよろさせながらスノウの頬へと手を伸ばした。

柔らかな綿の詰まった手がむに、と頬をつつく。そのままちょいちょい、と手招きされて顔を寄せると、ちゅっとウサギの鼻先が唇に触れた。

次の瞬間、ぱきん、という何かにひびが入るような音がし、周囲の景色がばらばらと砕け落ちた。

「え⁉」

仰天するスノウは降り注ぐ、キラキラした破片から頭を護るように両手をあげ、座ったままの祖母に脱出を促そうとした。

だがその前に何者かがスノウの両腕を掴んで引っ張り、彼女は遠のく祖母を視界に収めながら必死に喚《わめ》いた。

「まって！　まだおばあちゃんが……！」

「スノウ！」

刹那、はっとスノウが目を見開く。

夢から醒《さ》めたばかりの……まだはっきりしない視界に飛び込んできたのは。

「イリアス……卿……」

「……よかった」

乾いてひび割れた声が名前を紡ぎ、対してスノウを両腕に抱え込んでいたイリアスが震える息を吐いてぎゅっとスノウを抱き締めた。

ふわりと、彼から爽やかな柑橘系の香りと清水に触れたような清涼感が伝わり身体を覆っていく。

「あの……ッ」

一体何があったのか。どうしてイリアスがいるのか。そしてここはどこなのか……色々な疑問が脳裏を渦巻き、声を出そうとして急激な吐き気に喉を詰まらせる。

うぐ、とくぐもった声が漏れきつく奥歯を噛み締める。必死に吐き気を堪えていると、不意に彼が動いてひょいっと抱き上げられるのを感じた。

「⁉」

声も出せずに驚いていると、スノウを抱えたイリアスが大股でどこかに向かって歩き出した。

この時になってようやく、彼女は気付いた。

ここはお世話になっているイリアス卿の屋敷の、スノウが足を踏み入れたことのない部屋だった。

足元に灯る淡いオレンジ色の明かりは魔法燈で、それが照らし出す室内は広く、先程までスノウが寝かされていた大きなベッドが見えた。

その他にも立派な調度品や、金の彫刻が施された黒の家具。頑強な本棚なんかが見てとれ、ここはイリアスの寝室だと確信した。

（……えっと……そうだ。確か魔道具製作所で残業してたら変な道具に遭遇して……）

黒いモノが自分に襲い掛かり、身体の内側で暴れ回った。

その感触を思い出し、イリアスの腕の中でぶるっと震える。再び吐き気が込み上げ、ぎゅっとイリアスのシャツの胸元を握り締めた。

「もうちょっとだから」

かすかに歩く速度が上がる。

スノウを抱えたまま器用にイリアスが扉を開け、ふわりと温かな空気が頬に触れた。スノウの目に飛び込んできたのは、立派な浴室だった。

「自分が黒い邪気に侵されかかったのは覚えてる?」

浴室の床に下ろされたスノウは、てきぱきと服を脱がせるイリアスをぼんやりと見つめた。

「ええっと……はい……」

「その時の邪気を、俺と神官のルーンで出来る限り除去した……んだけど」

ぼうっと自分のドレスを脱がせ、コルセットの紐を解く、男らしく骨ばったイリアスの手を眺めていたスノウは、しわくちゃのシュミーズの肩ひもが滑り落ちる感触に目を瞬いた。

(あ……あれ?)

どくん、と鼓動が鳴る。

私いま……脱がされている?

「スノウ」

低く、どこか切羽詰まった声がしていくらかはっきりしてきた視界にイリアスを映す。

彼は酷く真剣な表情でスノウを見つめていた。

「君の体内にはまだ……不審な魔道具から放たれた邪気が残っている。それを放置すれば……きっと君を蝕《むしば》んで意思の無い人形に変えてしまうだろう」

ごくん、と喉を鳴らし、スノウは込み上げた不快感を呑み込んだ。どくどくと鼓動が再び速くなり、浅くなる呼吸を必死になだめようとした。

そんなスノウの様子に気付いたイリアスが、彼女の服を脱がせていた手を持ち上げてそっと頬に触れた。

「俺は君が好きだ」

真っ直ぐに放たれ、矢のような言葉。

未だぼんやりしていた視界と思考が、その一言で急にクリアになった。

「……え?」

鼓動が、別の意味で加速する。

気持ち悪さを吹っ飛ばしそうな勢いで心臓が喉元までせり上がり、スノウは唖然とした顔でイリアスを見つめた。

「君が自分の仕事に誇りをもって、日々邁進《まいしん》しているのはもちろん、どんな依頼にも真摯に向き合う姿勢も好ましいし、なによりものを大切にする心意気が素敵だ」

「…………はい」

どうやら彼が言った「好きだ」という単語は、恋愛的な感情から溢《あふ》れ出《で》た言葉ではないようだと……じわじわ込み上げてくる失望の中にスノウは感じる。

(うん……そうか……そういう『好き』もあるよね?)

複雑な思いが胸の内を渦巻く。

恋愛感情ではなかったことへの失望。それと同時に自分の仕事を認められた高揚感。ピンチに駆けつけてきたくれたことへの感謝と安堵《あんど》と……。

「……スノウ」

自分を見つめる蒼い瞳に宿る切なさを、自分への恋慕だと勘違いしそうになる……気持ち。

（ああ……そうか……）

女性と一緒に舞踏会に出かけた彼を、不誠実だと思いたくなかった本当の理由。

それは、スノウこそが彼にとって特別だと思いたいのに、彼に似合いの女性が現れてイリアスの「特別」を奪われることへの不安なのだとようやく気が付いた。

そう……これは嫉妬だ。

彼を誰にも取られたくない。任務でも他の女性と一緒にいてほしくない。私だけを見てほしい。

何故そう思うのかと言えば……――。

「俺は誰よりも君を心配してると、そう言ったのは覚えているか？」

する、と腕を撫でられて甘い疼きが肌を駆け抜けていく。身体を震わせると、それに気付いたのか、イリアスが更に熱っぽい眼差しでスノウを見た。

「それは何故だと思う？」

質問を重ねられ、スノウは自分を見つめる蒼の瞳から目を逸らせない。

（その……答えが……私が求めるものと違っていても……――）

彼がエスコートした赤い髪の美女。彼女の大きく開いた背に触れていた彼の手と、自分を乱した彼の手を思い出し……胸の奥が焦げ付いてく。

嫌だ、と素直に思う。

彼の手が他の人に触れるのは絶対に嫌だ。

でもスノウにはどうすることもできない。彼がスノウに感じているのは尊敬とか感心とかそういった類の感情なのだ。

ならどうすればいい？　どうやって彼を……自分の嫉妬を……乗り越えればいい？

「イリアス卿……私……私……」

彼が好きだといったそれを、勘違いしてもいいだろうか。

今この瞬間だけ、その「好き」を都合のいい「好き」に捉えてもいいだろうか。

言葉の続きを待つイリアスが、ふっと甘く柔らかく微笑むから、スノウの心は決まった。

「私も……イリアス卿が好きです」

この「好き」を、人としての尊敬と賞賛と……それに付随する感情だと勘違いしてくれて構わない。

本当は他の誰もいらないという、激しい独占欲に塗れた「好き」なんだとスノウ自身が理解していればいいのだ。

スノウ自身も、彼の言葉を都合よく勘違いしておこうとそう決める。

じっと見上げた先のイリアスは、一瞬驚いた顔をして、それから。

（わ……）

「ほ……本当に？　スノウ……言ったことは取り消せないぞ？」

スノウにもわかるほど、嬉しそうに……ふわりと優しく微笑むから。

（か……勘違いする気はする気だったけど……）

あとから「彼の好きは自分のそれとはちがう」と納得できる心の余裕を持つつもりだったのに、早くも後悔し始める。

彼の胸に飛び込んだから、きっともう戻れない……遅まきながらそう気付き、今なら引き返せると必死に頭を働かせようとするが。

「スノウ。君は俺が絶対に護るから」

身体を護っていたシュミーズも、あっという間に脱がされ、慌てて制止を促そうと開いた唇は彼に熱く塞がれる。

「んっ……」

軽く、何度も啄《ついば》むように重ねるだけだったそれが、やがてしっとりとスノウの唇を食み、吸い上げ、吐息を奪おうと荒々しくなっていく。

頭の後ろに手を添えられ、伸《の》し掛《か》かるように深く口づけられて、柔らかな境目を舌先でつつかれた。くすぐったさに思わず唇を開けば、熱く滑らかな舌が差し込まれ、スノウの口腔《こうこう》を犯していく。

「ふ……んっ……う……」

ぎゅっと彼の胸元を握り締めると、気付いた彼がスノウの両膝の裏に腕を添えて抱え上げた。

「……んっ……スノウ……今、邪気を払ってあげるから」

耳元で甘い声が囁く。はっと短い吐息を零して顔をあげれば、そっと広く大きなバスタブに下ろされるのがわかった。

金木犀《きんもくせい》のいい香りがして、思わずスノウはほうっと息を吐いた。

肌に触れる心地よいお湯に、気付かずに強張っていた身体がほぐれていく。キスの余韻で未だ熱い唇に人差し指を押し当て、スノウはちらりとイリアスに視線を遣った。

スノウから手を離した彼は手早く身に着けていたシャツとズボンを脱いで、再び堂々たる足取りでバスタブに近寄る。

ふわふわと辺りを漂う湯気は、寝室よりも暗めな魔法燈の下でぼんやりとオレンジに輝き、鍛え抜かれたイリアスの身体にまとわりつく。

その造形に思わず見惚《みと》れていたスノウは、彼がゆっくりとお湯に沈んだ瞬間、我に返った。

「あ……あの？」

何故邪気を払うために一緒に風呂に入ることになるのか、ここに来てようやく疑問が脳裏をかすめる。そんな疑問がスノウの顔に出ていたのだろう。

彼女の腕を掴んで反転させ、自分の前に座らせたイリアスが、赤く染まった耳朶に唇を寄せて囁いた。

「君の中にある邪気を払うのに……一番効果的なのは、俺が持つ光の魔力を君自身に注ぐことだ」

「…………へ？」

一瞬、何を言われたのかわからず硬直していると、後ろから伸びてきた手にゆっくりと顎を掴まれた。優しく促されそっと後ろを振り返ると、柔らかく湿ったものが頬を掠めた。

「好きだよ、スノウ」

「ひゃ」

お湯やこの場の空気よりも違う、温かな物が頬を掠め、声の主の唇が頬に触れているのだと知る。

（そ……そそ……それって……⁉）

もしかしなくても……性交渉のことを言っているのだろうか？

（だ、駄目……だ、だだだって……わ、私は……）

確かにスノウはイリアスが好きだ。だがイリアスはスノウと同じ気持ちではない。

尊敬やスノウを助けようという使命でスノウを抱いてはいけない。

そう思うのだが、ゆっくりと彼の手がスノウの柔らかな胸の塊を揉みしだき、じわじわと身体の奥に熱が降り積もっていく感覚に、思考が甘く溶けていく。

「抱かせて……スノウ。君の中を不法に占拠しているものを徹底的に排除したい」

「あ……ん……」

識《し》らない感触に身体が反応し、悶えるように下半身をもじもじと動かせば、ふっと耳元でイリアスが笑う。

「大丈夫。大切にするから……」

宥めるように、でもどこか真摯な彼の声音に、かあっと耳まで赤くなるのがわかる。

「イ、イリアス卿……こ、こういうのは……す、好き合ってる人がすることで……」

「君は俺が好きじゃないの？」

柔らかく、円を描くようにスノウの白い果実を揉み、バラバラに動かして肌に沈めて楽しんでいた指が、先端をするっと掠めた。

「あんっ」

甘い刺激に身体が震え、唇から信じられないほど艶《つや》めいた声が漏れる。

「さっき好きだって言ったのは嘘？」

はむ、と耳殻を食んで囁かれてスノウの腰の奥が震えた。

嘘ではない。紛れもない本心だ。だがイリアスは違う。きっと違う。だからこれ以上許してしまったら、スノウ自身が傷つく。そうわかっているのに身体にも……そして思考にも力が入らない。

熱いものが耳を嬲《なぶ》り、熱の塊がせり上がってくる。それを逃すように背を逸らせれば、耳を舐《ねぶ》っていた唇が顎の下の薄い皮膚へとかみついた。

「答えて、スノウ。嘘ついたの？」

吐息が肌をくすぐり、びくりと身体が強張る。図らずも彼の手に胸を押し付ける形になり、あっと思うがもう遅い。

押し当てられた柔らかな塊を、形を変えるほどむにむにと揉まれて喉からひっきりなしに嬌声《きょうせい》が漏れ始めた。

「あっあ……やっ！　やめっ」

彼の「好き」を勘違いして、甘やかな偽装両思いを楽しもうと思った罰が、こんなに早く訪れるなんて。

「イ、イリアスきょ」

「駄目だよ」

甘い声が喉をくすぐり、肩口付近にぴりっと軽い痛みが走る。

「んぅっ」

甘い声が漏れ、それに気を良くしたように熱く柔らかいイリアスの舌が肌をくすぐり始めた。

「や」

とにかく、思考をかき乱す甘い責めから逃れようと上半身を捩るが、後ろから深く抱き込まれているために逃げられない。

がっちりと乳房を鷲掴《わしづか》みにされ、イリアスの硬い親指と人差し指がくにくにと乳首を転がし始めた。

「……っあ……はっ……あ……」

艶っぽい声が喉から漏れ、のけ反るように逸らした喉に、イリアスがゆっくりと片手を這わせた。

ぞくぞくぞく、と腰から電撃のような衝撃が走り、意味をなさない喘《あえ》ぎ声が更に漏れる。

「そう……もっと俺に身をゆだねて」

低く身体に響く声が耳から侵入し、脳の奥がじんわりとしびれていく。

(どうしよ……気持ちい……けど……いいのかな……よくないかな……)

これ以上を望みたい気持ちと、止める気持ちがぐるぐると脳内を巡る。それを検討する前に次から次へと快楽をつぎ込まれ、イリアスの太ももの上に座るスノウは、彼がゆっくりと膝を立て始め、合わせるように自分の脚が開くのをぼんやりと意識の端で認識した。

「あ……」

やっぱり駄目だ、と拒絶が脳裏をかすめる。だが喉を掌で優しく掴まれているため、顎を落とせない。

やがて赤く色づいて立ち上がる乳首からゆっくりと離れた手が、柔らかな腹部を通って開かされた秘所へと忍んでいく。

身体を辿って下半身へと降りていくその感触に、スノウは全身の血が顔に上っていくのを感じ慌てて太ももを閉じようとした。

「だーめ」

くすっと笑みを含んだ声で囁かれ、「はうっ」と声が漏れる。

彼の指先が顎の下をくすぐり、逃れるように首を振っている間に、彼の手が柔らかな恥丘へと辿り着いた。

「あんっ」

く、と掌全体で掴まれて鈍い衝撃が身体を走る。ぱしゃん、と水音を立てて身体を揺らすスノウの反応が気に入ったのか、彼は胸の果実を愛撫したのと同じようにゆっくりと媚肉を揉み始めた。

「よかった。ここまでは侵されてなかったね」

安堵が混じる声がして、はっとする。このままではきっと……。

「でもまあ……これから俺に犯されちゃうんだけど」

続けてうっとりした声が物騒な台詞を紡ぎ、どくん、と鼓動が一つ高鳴る。

微《かす》かに強張った彼女の身体に気付いたイリアスがそっと耳朶にキスを落とした。

「大丈夫。全力で優しくしてあげるから」

媚肉を揉まれ、途端にかあっと顔が熱くなる。更に緊張から強張るスノウを宥めるように、手がゆっくりと動きを変え、イリアスの硬い指が軽く開かれた秘裂をゆっくりとなぞった。

「たっぷり愛して……甘く蕩けたここに、俺のを挿入《い》れて」

顎の下を撫でる指と同じ動きで媚肉をかき分け、ゆるゆると中に差し入れる。

「ひゃ」

く、と自分も触ったことのない、下肢にある淫唇をくすぐるように撫でた。

「オカシナ奴《やつ》に穢されかかった場所も、それ以外も全部、俺が気持ちよくして上書きしてあげる」

「ひゃあんっ」

ゆっくりと上下するようになぞっていた彼の指腹が、秘所の奥に隠された甘い花芽を見つけ出し、くっと力を籠める。たったそれだけなのに衝撃が弾け、スノウの混乱する思考を白い光が貫いた。

「あっ……だめ……だめっ」

続けて与えられる未知の衝撃に、思わず拒否の声が漏れる。だがびくびくと震えるスノウの身体の、その意味を知っているイリアスが溶けそうなほど甘い声で囁いた。

「駄目じゃない」

低く、熱のこもった声に、弄《いじ》られる花芽がきゅっと痛む。腰に響くそれにスノウは目を見開いた。

相変わらず喉をくすぐる指と花芽を弄る指の動きはシンクロしたままで、身体の奥に熱が降り積もり焼けつくような塊がせり上がって来る。

「だ、だめ……イリアス卿っ」

このままでは何かとても恥ずかしいことが起きそうで、下腹部に甘い刺激をつぎ込む彼の手を掴む。

それを咎めるように、イリアスの舌が耳殻をなぞった。

「駄目じゃないよ」

「で、でも……あっ……な……なにか……」

あ、あ、と切れ切れに切ない声を上げ、スノウは自身を呑み込んでいく衝撃を逃そうと再び首を振る。

いやいやするようなその反応に、喉をさすっていたイリアスの手が肌をなぞってお湯の中で揺れる白い果実に辿り着いた。

「大丈夫。そのまま受け入れて」

優しい中にかすかに獰猛《どうもう》さが混じっている。

吐息が耳をくすぐり、軽い衝撃が背筋を走った。

びくびくと震えるスノウの身体を後ろから支えたまま、胸をゆっくりと揉みまわし、更に尖る花芽をくにくにと指先が弄る。

与えられる感覚に降り積もる熱がどんどん高まり、スノウは自分の身体が確かに何かに上書きされていくような気になった。

止めなければ、という理性の声にどうして？　と本能が疑問を投げる。

こんなに気持ちいいのにどうして止めるの？　と。

彼の「好き」と自分の「好き」が違っていて何が悪いのか。自分はこんなにもイリアスが好きで、その彼がスノウを抱いてくれている。その事実だけでいいじゃないか。

「あっ……ああっ……あんっ」

ぐ、と爪先に力が入り、思わずばしゃんとお湯を蹴り上げる。

閉じた瞼の裏に感情の高ぶりを示すように涙が滲み、甘い嬌声がひっきりなしに漏れる。

「スノウ……大丈夫だから。そのまま感じてて」

彼女を宥めるように囁いたイリアスが、きゅっと胸の先端を摘まむ。同時に花芽も指先で弾かれて、目の前が真っ白になった。

「ひゃあ……ああっ――」

じわじわと引き絞られていた何かが身体の奥から突き上げ、スノウは震える嬌声を上げた。緊張から解放された身体が、甘い余韻を纏って重くなる。

はあはあ、と荒い呼吸を繰り返すスノウは、瞼の裏がちかちかする気がした。

「あっ……はっ……イリアス……きょ――」

腰の奥が重怠《だる》く、膝に力が入らない。頬は熱く逆上《のぼ》せそうだ。

背中に当たる逞しい胸にくったりと柔らかな肢体を預けていると、不意に彼女を抱えてイリアスが立ち上がった。

「っ」

ざばっとお湯が揺れ、何の気なしにスノウが視線を落とした。

橙色の明かりに金に輝くお湯が見える。その中を、真っ黒な影がまるで魚のようにゆらりと泳ぐのが見えた。

「ひっ」

思わず息を呑むスノウを抱え直し、イリアスが長い脚で素早くバスタブを出た。

「気にしないで」

「き……気になります」

顔を上げれば、イリアスの端正な顔を濡れた前髪が艶っぽく彩っている。その下で彼はぐっと眉間にしわを寄せて厳しく、真剣な顔をする。

その様子に、スノウは怖さを感じるよりも普段見ない色気を感じてこくりと喉が動いた。

「あれが……君に取《と》り憑《つ》いていた邪気の一部だ」

苦々しく言われた言葉にはっとする。それからあんなものが体内に巣くおうとしているのかとおもうとぞっと寒気が走った。

青ざめるスノウに気付いたのか、イリアスは彼女を抱えたまま大股でバスルームを横切り、隣接する寝室へと歩を運ぶ。

とさ、と柔らかな掛け布の上に横たえられ、伸し掛かるイリアスを息を呑んで見上げた。

「イリアス卿……」

魔法燈が放つオレンジの光が下から部屋を照らしている。暗がりを照らすほんのりとした明かりに照らされたイリアスは、惜しみなく引き締まった逞しい身体をスノウの目に晒している。

割れた腹筋と、きゅっと引き締まった腰。それからかすかに苛立ったような眼差しを見上げて、逆上《のぼ》せた身体が更に熱くなる。

「う、上掛けが……ぬ、ぬれて……しまいます……」

じっと見つめているると身体の奥の何かがきゅっと締まる気がして、スノウは咄嗟に視線を逸らした。同時に、彼の腰から下が視界の端を掠めて、ばくん、と物凄い勢いで鼓動が高鳴った。

(ひ……えええええ……)

さっき見た時はちらっとしか確認しなかった。だが今は……スノウは彼の腰で存在を主張する楔《くさび》を認めてお腹の奥が熱くなる。同時にぞわぞわと内臓が震えるような衝撃が身体を駆け上がった。

ぶるっと身体が震え、気付いたイリアスがベッドを軋ませて乗り上げてきた。

「あとで乾かせばいい」

やや涼しい空気に触れていたはずのスノウの身体が、再び熱気に晒される。

彼女の膝裏に手を掛けたイリアスが、ゆっくりと持ち上げ大きくスノウの脚を開いた。

「ひゃっ」

ぎょっとして目を見張り、再び心もとなくなった秘所を隠そうと手を伸ばす。

その手をそっと掴み、イリアスが切なげな瞳にスノウを映した。

「スノウ……君を抱きたい」

切羽詰まった声でストレートに言われ、スノウの頭の中が真っ白になった。はくはくと唇を動かして荒い呼吸を繰り返していると、更にイリアスが身を伏せ、こつん、と額に額を押し当てた。

「君の全部を今すぐ俺のものにしたい。誰にも渡したくない。あんな思いは……二度としたくない」

懇願するような言葉に、スノウの張り詰めていた気持ちの糸がぷつんと切れるのがわかった。

彼を受け入れては駄目だと、頑なだった気持ちが緩んでいく。

（どうしよう……彼に……抱かれてみたい……）

ふつふつと心の奥底から湧き上がってくる願望は、捨てるよりも先にいっぱいにスノウの心を満たしていく。

「私も……イリアス……卿に……抱いてほしい……」

真っ赤になりながら切れ切れに訴えると、微かに目を見開いた後、イリアスが心から嬉しそうに微笑んだ。

（あ……）

甘やかな熱が身体の奥から込み上げ、じわりと下肢から溢れていく。

気づいたイリアスが身を屈《かが》め、甘く潤んだ秘裂に唇を寄せて吸い付いた。

「きゃあっ⁉」

びくん、と腰が跳ね上がり、鋭くお腹の奥に走った刺激に驚愕する。

「だ、だめ……！　そんなことしないで……！」

彼に抱かれたいと望んだが、トンデモナイ場所に顔を埋められ、音を立てて吸い上げられるとは予想していなかった。慌てて身を起こそうとする。

「き、汚いから……！」

そんなスノウの抗議などものともせず、逃げようとする腰を掴んだ彼は、ゆっくりとほぐれて蜜を零す泉を舌と唇で蹂躙《じゅうりん》し始めた。

「そんなことない……仮にもしそうだとして、ここを綺麗にするのは俺の役目だな」

「な、なんですか……それ……っ」

切れ切れの声で囁き、必死に指を伸ばしてイリアスの柔らかな金髪にくぐらせるが。

「ひゃあああんっ」

先程まで弄られ、ぴんと尖った花芽を吸い上げられてスノウの喉から嬌声が上がった。

体液のようなものが秘裂を濡らし、溢れて零れるのがわかって、スノウは羞恥から真っ赤になる。

「だ……だめっ……！　な、なにか……溢れて……」

汚い、と震えるかすれ声が訴える。

涙が滲み、しゃくりあげる彼女の雰囲気に気付いたのか、顔を上げたイリアスがくちくちと蜜口を指で愛撫しながらゆっくりと彼女の涙に唇を寄せた。

「汚くないから安心して。スノウが感じて……俺を受け入れようとしてくれてるだけだから」

低く甘い声が肌を震わせ、スノウが涙にぬれた眼差しをイリアスに向ける。

「ど……どういう……」

「ん？　君が俺を受け入れたいと思うと……ここが濡れてくるんだよ？」

ゆっくりと長く節だった指が蜜窟へと押し入り、襞《ひだ》をこすり上げた。

「ふあ……あっあ……」

膣内《なか》を指の腹で優しく撫でられ、更に親指で花芽を刺激される。

先程経験した、脳を痺れさせる衝撃が再び込み上げて来て、スノウは嫌がるように首を振った。

「ま……まって……やだ……やぁ」

「抱いてほしいって言ったのはスノウだろ？　こうしないと……痛い思いはさせたくない」

くすっと笑う声が耳から忍び込み、熱い唇が耳朶を食む。

ぐちゅぐちゅと音を立て蜜窟を弄られ、イリアスが言う、彼を受け入れるための蜜がとめどなく溢《あふ》れ出すのがわかった。

それが更に羞恥を煽り、スノウは耳まで赤くなりながら唇を噛んで堪えた。

「うっ……ふっあ……」

びくびくと腰が動き、太ももに力が入る。気付いたイリアスが宥めるように撫でると、柔らかな刺激に再び身体の奥が熱くなった。

「だ、だめぇ」

触らないで、という言葉が思わず漏れ、それにイリアスがくすくすと笑った。唇が喉元をなぞる。

「触らないと、君を抱けない」

「で……でも……」

淫らな水音が周囲に広がり、荒い吐息が絡む。思考が停止し、ふわふわした頭のまま彼の姿を探すように視線を彷徨わせると、身を起こしたイリアスが濡れた音を立てて蜜窟から長い指を引き抜いて口に咥《くわ》えるのが見えた。

「っ」

ぼんやりとした燈火《とうか》に照らされ、蜂蜜のようにとろける液体を舌先で舐《な》めとる姿に、スノウは心臓が止まりそうになった。

妖艶で……凄絶な色気が漂ってくる。ばくばくと心臓が鼓動を速め、スノウの目が大人の男性の裸体に釘付《くぎづ》けになった。

ぞくん、と腰の辺りを疼きが襲い、そんな彼女に向かってイリアスが甘すぎる笑みを浮かべると、両手で彼女の脚を高く持ち上げた。

「あ……」

先程まで彼に溶かされていた秘裂がゆっくりと開く。濡れて蕩けた蜜口に硬く熱いものが押し当てられ、先程とはまた違う、甘い痺れが腰から脳天まで走った。

「スノウ……いい？」

短い呼吸を繰り返すスノウは暗がりでもわかるほど、イリアスが切羽詰まり……ぎらぎらした眼差しで自分を見ている。

「あ……」

「スノウ」

低く甘い声が名を呼び、激しい口付けが落ちてくる。

「んっ……ふっ……っああ」

舌を吸われ、口腔を舐められる。吐息が混じり、つぎ込まれる快楽に溺れそうになった。

キスに夢中になるあまり、スノウは彼の熱く、硬い剛直が自身の甘く溶けた秘所をなぞるのに気付かなかった。

硬いものが花芽を突き、きゅんと身体の中心が締まるのを覚えてはっとした。

「んぁ……ま……イリアスきょ」

唇を離して問いただそうとするが、その端から塞がれていく。

「んっ……ふっ、う、ぅあ」

くちゅくちゅと濡れたキスの音と混じるように、スノウが零す愛蜜に彼の楔が塗れ、こちらからも卑猥《ひわい》な音が響いて来る。

とろとろと蜜を零し続ける淫唇に、何度も彼女の秘裂と花芽を楔で愛していたイリアスがゆっくりと蜜口に切っ先を触れさせた。

「っう」

びくり、とスノウの腰が震える。強張って力のこもる内腿《うちもも》をイリアスが撫で、ぐ、と腰を押し付けた。

「スノウ……」

短く呼吸をする彼女がうっすらと目を開け、涙に煙った視界に歯を食いしばって何かを堪えるイリアスを捉える。

こういった行為は女性の側が痛いとよくきくが、男性も痛いのだろうか。

そんな疑問が甘く甘く蕩けていく思考の端にひらめいた。

「挿入《いれ》るよ？」

そんなことをぼんやり考えていたスノウは、低く、余裕の全くない声に囁かれて、心臓が貫かれたように痛んだ。

（今は……何も考えない……）

霞んだ視界にスノウが欲しくてたまらないという顔が映り、なのにまだ、スノウの純潔を散らすことに許諾を求めるなんて。

ゆっくりと彼女は両手を持ち上げた。

はっと気づいたイリアスが身体を寄せる。その動きに合わせてスノウの脚も高く持ち上げられ腰が浮くが、しがみ付くように彼の身体に腕と足を絡めた。

硬い彼の身体が震え、は、と短い吐息がイリアスの唇から漏れた。

「……きて」

そっと、掠れた声が甘やかに。イリアスに許可を伝える。

その瞬間、獰猛すぎる呻き声が彼から漏れ、短く名前を呼ばれた。それに応えるより先に、濡れて開きかかっていた蜜窟にずん、と重い衝撃が走った。

「きゃ……」

たったの一突き。

それだけで、スノウは引き攣《つ》れるような痛みが鋭く走り、次いで目の前にちかちかと銀色の星が散る気がした。ずきずきとした痛みに、腰が逃れようと動く。

「ごめん……我慢できない」

だがそれが良くなかったのか、焦ったようなイリアスの声が耳朶を打つ。

切羽詰まった甘い声。ぞくぞくぞくと腰を刺激が走った。

「あんっ」

痛みを押しのけきゅん、と花芽とその下の部分が締まる。蜜窟を埋める楔を追い出すような、迎え入れて離さないようなその動きに、イリアスからもくぐもった声が漏れた。

「んっ」

そのままゆるゆると引き下がる剛直に、スノウの胸の裡を焦りにも似た感情が去来した。

行かないでほしい、そこにいてほしい、ああでも痛いのは……。

「スノウ……力抜いて……」

困惑し、唇を噛むスノウに気付いたイリアスが、そっと口付け、舌先で唇の合わせ目をなぞる。軽く開けば舌が絡んだ。

吐息と唾液が絡み、甘やかな蜜技にゆっくりと身体が溶けていく。

それに気付いているイリアスが、少しずつ、再び楔を推し進めじわじわと彼女の空洞を埋め尽くした。

「ん」

ちゅ、と音を立てて唇が離れ、スノウは先程よりもあまり痛まないことに気が付いた。身体の奥に、熱く硬い存在を感じて戸惑う。内臓を全て押し上げられるような、重い圧迫感がそこにある。

「ふあ……」

はくはくと唇を動かして浅い呼吸を繰り返す。そんな彼女にキスの雨を降らせながら、イリアスは再びゆっくりと楔を引き、切なく震える蜜窟にそうっと押し込んだ。

「ひゃあん」

ふわっと腰が浮き、スノウは驚いた。押し込まれた衝撃をもっと深い場所に誘い込むよう、無意識に身体が動くと思わなかったのだ。

「……可愛い」

自分の痴態に真っ赤になるスノウに、イリアスがかすれた声で囁く。

「可愛いよ……スノウ」

再び彼のものが遠のき、追いかけるようにスノウの膣内《なか》が震える。再び甘く押し込まれ、痛みと疼きの先にもどかしい感触が宿った。

「あ……あ……」

腰を浮かせ、喉を逸らせば切れ切れの嬌声が漏れる。それに合わせるよう、イリアスがじわじわと中を穿《うが》つ速度を速めて行った。

じんわりとした痛みもやがて快感に塗りつぶされ、結合部から漏れる、くちゅくちゅと妙に耳に付く水音がじわじわと粘性を帯びていく。肌と肌がぶつかる音が混じり、静かな室内にスノウの喘ぎ声と混じって空気が甘く凝《こご》っていった。

どんどん濃度の高くなるその中で、イリアスが一際強く、一番奥で腰を回した。

「きゃあん」

悲鳴のような声がスノウの喉から漏れ、熱く硬い楔を咥えてきゅうっと締まる。

「っ……スノウ」

苦し気な声がイリアスから漏れ、涙にぬれた目を見開くとイリアスが身体を伏せてスノウの唇にキスを落とした。

「んっ……んんっ」

ふ、とどちらのものとも判別できない甘い吐息が漏れ、スノウの身体の奥にある空洞が快楽を求めてうごめく。

唸るような声がイリアスの喉から漏れ、彼は唇を合わせたまま酷く熱い声で囁いた。

「そんなにされたら……手加減できないよ」

「あ」

手加減？　今まで何かを加減していたというのか？

スノウの溶け切った意識がぼんやりと疑問を追いかける。答えの代わりに、ぐいっとさらに脚を抱え込まれて再び、彼の熱杭がずちゅんと音を立ててスノウの蜜窟へと突き込まれた。

「ひゃあんっ」

一番奥をそのまま抉《えぐ》られて、押し寄せてくる快楽に目の前が真っ赤になる。容赦なく身体を暴かれ、スノウは必死に手を伸ばし、イリアスの背中に爪を立てた。

それに煽られたように、スノウを穿つイリアスの動きが速くなり、スノウは訳の分からない高みへと引き上げられるのを感じた。

身体の奥から何かが押し寄せてくる。それに呑まれた瞬間、何が起きるのかわからず、スノウは必死にイリアスに訴えた。

「だめ……イリアス卿……だ、だめ……なにか……あんっ」

「スノウ」

「なにかくる……やあ……ああんっ」

ふるふると首を振って「止まって」と訴える。その彼女の首筋に噛みつき、吸い上げながらイリアスは追い詰めることを止めはせずに切羽詰まった声で囁いた。

「大丈夫。ちゃんと……受け止めてあげるから」

「でも……ふあ……ああっ……や……」

「スノウ……支えてあげるから……その時が来たら教えて？　ちゃんと……イクっていうんだよ」

「い……あ……んっ」

自分を犯す熱がどんどん高まり、ぎりぎりと身体の奥が巻き上げられてくる。何かが「くる」気がするのだが、イリアスは「いく」という。

なんで、とそう思うが、彼は低く笑って「言わないと支えられないよ」なんて告げるから。

「んっ……ふ……あっあっあ……ああ……も……」

瞑った目蓋の裏がちかちかと瞬き、きゅうっと快楽を与える彼の硬い楔を身体の中心が包み込む。

「いく……あんっ……だめ……イク……イっちゃう……いっちゃうのぉ」

信じられないほど甘い声が漏れ、目の前で星が瞬く。

自分が上げるとは思わなかった、可憐《かれん》で甲高い声が喉から漏れ、身体が与えられる快楽に溺れて震

えていく。

「スノウっ」

「ふああああっ」

目の前が真っ白になり、ぎりぎりまで引き絞られた身体が解放される。

その強烈な緩急に、スノウはふわりと浮いていた意識がゆっくりと身体に戻って来るのを感じる。

「……──る」

何か、耳元で彼が囁いた。それが何か拾う前に彼と自分を繋ぐ楔が脈打ち、もたらされた熱いものが最奥に注がれた気がして、スノウの胸を甘やかな感情が去来する。

(ああ……私……)

「っ……ふ……」

震える楔でダメ押しのように数度奥を突かれ、イリアスから吐息が漏れる。ぎゅっと抱き締められて、スノウはふっと瞼を落とした。

(本当だ……イリアス卿が……受け止めてくれた……)

それだけで十分だと、思考も何もかも手放し、スノウは甘やかに溶けていく感触に身をゆだねた。

自身を護るように囲う、イリアスの腕に安心して。

◆◇◆

（無茶させ過ぎたかな……）

くったりと自分の腕の中で弛緩《しかん》するスノウの身体を無意識に撫でながら、イリアスはほんの少し後悔した。

だがそれでも、彼女を「抱かない」という選択はしない。

盗難にあった魔道具が使われたらしいと連絡が来たのが夕方だった。スノウを置いて帰るのは心苦しかったが、どんな効果があって封印されていたのか確認し、早急に回収しなくてはいけない。

スノウに伝言を残し、やって来たファラと共に、神官でもあるルーンと合流して魔道具の痕跡が見つかった場所へと向かった。

そこは王都外れの娼館で、客と共に二階の部屋に上がった娼婦《しょうふ》が突然悲鳴を上げ、駆け付けた店主と用心棒が見たのは真っ黒なものに身体を絡め取られた娼婦とぐずぐずに溶けていった「何か」だったという。

その「なにか」が客じゃないのかと店主は寒そうに両腕をさすりながら告げた。

部屋に落ちていた客の着ていた衣類と帽子を回収し、ルーンが失神したままの娼婦を浄化する。

眼が覚めた彼女はやはり、服を脱いだ客は真っ黒な闇の塊のようで、唐突に襲いかかられたと語ってくれた。

更には手に何かを持っていたとも。

イリアスは嫌な予感を覚え、台帳にサインされた文字を記憶した。

どこかで見たような気がしたのだ。

（そうこうするうちに、ルーンが試したいことがあると申し出て……）

イリアスと同じ、光の魔力を持つ彼は、魔法を使ってこの文字を書いた人間を追跡できるという。

その昔、文字を操る魔物が現れ、人々に偽の神の教えを説こうとしたという。その偽造された古文書を探すために、文字から書いた人物の痕跡を探る光魔法が生まれたそうだ。

それを使い、現れた白光の糸を追って三人が辿り着いたのが魔道具製作所だった。

その瞬間、イリアスの身体を恐怖が襲った。

時刻はだいぶ遅いし、スノウはもう帰っているはずだ……なんて、それは希望的観測に過ぎず、気付けば彼は石畳の小道をひた走り、何か争うような音を聞いて全身が総毛立った。

飛び込んだ先に見た光景を、イリアスは一生忘れないだろう。

真っ黒な闇の塊が触手を伸ばし、小柄な女性に絡まっている。

それがスノウだと気付いた瞬間、全身を怒りと恐怖が駆け巡り、反射的に声を上げていた。

イリアスは聖騎士だ。

身体を巡る光魔法は、ルーンのように「術」を使って放たれるものではない。剣を振るう際に放たれる剣気や、体内から漏れる気迫の混じることが多い。

咄嗟に彼女の名前を叫び、剣を振るった。

ごうっという風音と共に彼女にまとわりついていた真っ黒な触手が吹っ飛ぶが、イリアスはそれどころではない。

駆け寄り、抱き上げた彼女の美しい空色の瞳を覗き込む。

そこにじわりと広がる、水に垂らしたインクのような黒色に絶望感が身体を過《よぎ》った。

気を失う寸前の彼女を励まし、助ける方法をルーンに確認する。

彼はいくらか戸惑いながら、ここまで侵食が始まっている以上、助けるには内側に光の魔力を注ぐ必要があると告げた。

方法は何でもいい。

その瞬間、イリアスの心は決まった。

初めて会ったその時からずっと、イリアスはスノウが好きだった。優しい笑顔で仕事を請け負い、それに誇りを持っているのも知っている。

職務に忠実なあまり、依頼を断り切れず、食堂で見かける彼女がどんどん顔色が悪くなるのを見てずっと心配していた。

（誰が……何のために魔道具を使ったのかはわからないが……）

今、すやすやと腕の中で眠る彼女に視線を落とし、イリアスは胸の内側から溢れる愛《いと》しさと、彼女を護れたという安堵、それからスノウを貶《おとし》めようとした相手への怒りが膨らむのがわかる。

（必ず見つけ出してやる……）

記憶した台帳にあった名前は偽名だろう。当然、娼館の主人も承知している。どんなトラブルがあっても互いに関わらない……それを信条としているようだった。

それでも、ルーンの魔術があればいつかは……辿り着ける。

「スノウ……」

先に魔道具を見つけるべきだ。持ち主が何故スノウを狙ったのかわからない。だが偶然ではないはずだ。

唇を噛み、イリアスは両腕を伸ばしぎゅっと彼女を抱き締めた。

彼女を失う瀬戸際に突き上げてきた感情は「死ですらも自分から彼女を奪うことは許さない」という激しすぎるものだった。

絶対に……誰にも渡したくない。スノウは自分のものだ。

「……愛してる……」

重く低く呟かれた彼の台詞は、眠りにつくスノウの耳には届かない。今はそれでも構わないと、労わるように彼女の腰を撫でながら、イリアスは今後について思案した。

──……もう彼女を一人にはできない。

なら、自分がやることは……──。

ふっと小さく微笑み、イリアスは柔らかな呼吸を繰り返す唇にそっとキスをした。

魔道具が見つかるまでは、彼女の安全を守るのは自分自身だとそう、誓うように。

4　その「好き」を永遠にする決意

「はじめまして、レディ・スノウ」

きりっとした目元にアーモンド形の緑の瞳。炎のような美しい赤毛をきっちりとまとめた例の美女がスノウの手を取って完璧なお辞儀をする。

バネット伯爵令嬢、ファラ・フィリッツ。

あの日、イリアスと一緒に舞踏会に行き、昨日の夕方、イリアスに会いに来た女性、その人だ。

(本当に綺麗《きれい》な人……)

すらりとした長身と、長い手足。そして大きく膨らんだ胸元ときゅっと締まった腰。着ているのは聖騎士隊の制服で、スカートではなくぴったりフィットするズボンを履いている。

流石《さすが》にお尻は丈の長い上着で隠されているが……女性が脚を出すことを良しとしない世界で生きてきたためどぎまぎする。

「は……はじめまして……レディ・ファラ……」

やや口ごもりながら挨拶を返すと、彼女の鋭い緑の視線がスノウの頭のてっぺんから爪先までをなぞっていく。

やや居心地悪いものを感じて身じろぎし、うろうろと視線を泳がせていると、顎に手を当てた彼女が「影響はほぼなさそうですね」と呻《うめ》くように告げた。

「……影響……ですか？」

「その件については心配しなくてもいい。俺がちゃんと祓《はら》ったから」

途端、何故か後方でスノウの腰を支えていたイリアスがぐいっと彼女を引き寄せる。

ぎょっとして後ろを振り返ると、意味深な蒼《あお》い瞳でちらりと見つめられて、顔から火が出そうなほど真っ赤になった。


あの日の純潔を捧《ささ》げた行為だが一回では終わらず、朝方目が覚めた際にもまた愛されてしまった。

デスクワークが主のスノウは体力が持たずそのまま気絶したように昼近くまで眠ってしまい、次に目を覚ました時、床にハート型に敷き詰められた薔薇を見て目が点になったのだ。

ついでに寝乱れたベッドの上にも深紅の薔薇が散っている。

ぱくぱくと口を動かすスノウに、爽やかな笑顔でやってきたイリアスが後ろから抱きしめて、弾んだ……でもどこか獰猛《どうもう》な色の混じった甘い声で告げた。

身体に辛い所はない？　と……――。

（んんんんっ）

ベッドの上で囁《ささや》かれた内容を思い出し、スノウはぎゅっと目を閉じた。

彼は破壊的な色気に満ちた声で「昨日は可愛《かわい》かったよ」とか「すごくよかった」とか「君の身体の奥まで俺でいっぱいにしちゃったけど……大丈夫？」とかいうトンデモナイ台詞を宣《のたま》った。

とてもじゃないが正気ではいられない。

真っ白になった脳内から、わけのわからない謝辞を繰り返して寝室から遁走《とんそう》しようとしたが、脚と腹筋が筋肉痛を起こし、身体の違和感が酷《ひど》く、床にぺったりと座り込んでしまった。

にこやかな表情を崩さないイリアスは、そんなスノウを優しく抱き上げてベッドに戻し、甲斐甲斐《かいがい》しく世話をした。

その間、スノウの脳内は激しく回転し続けていた。

これからどうなるのか。イリアスとああいうことをしてしまったことに関して、スノウは後悔していない。

ただ……イリアスがどう思っているのかが気になって仕方ない。

確かに彼は「スノウを誰にも渡したくない」と言ってくれた。だがそれはスノウが傀儡《くぐつ》に襲われたからであり、スノウを護《まも》ろうと騎士道精神からきた決意かもしれない。

スノウの純潔を奪ったことに対して責任を取る、とそう思われて重荷になってるとしたら……？

彼の反応が気になって、機械的に食事を口に詰め込んでいると、不意に隣に座ったイリアスが、そっとスノウの銀髪に指を絡めてくん、と引っ張った。

意識をそちらに向けると、彼は蕩《とろ》けそうな笑顔を向ける。

「君の体調が悪くないなら、ちょっと付き合ってほしいところがあるんだけど」

昨夜の大騒動で呪いの影響が受付に残っていてはいけないと、現在魔道具製作所は休業中だ。

神官たちの調査が行われており、終わったら再開という形で他の職員たちも強制的に出勤停止になっている。

　普段からオーバーワーク気味の職員に休みを取らせる絶好の機会だと、ウエイクフィールド伯爵が溜息《ためいき》交じりに言っていたという。

　なので事件の当事者でもあるスノウを連れて、イリアスが付き合ってほしい場所とはどこなのだろうかと訝《いぶか》しんでいると、連れてこられたのが、銀嶺の聖騎士隊隊舎にあるイリアスの執務室だった。


　先にソファに座っていたファラと、もう一人の男性が立ち上がり挨拶をする。

　そうして初めて、スノウは彼女がイリアスの副官だと気が付いたのだ。

「我々は現在、とある伯爵家に封印されていた魔道具を探しています」

　再びソファに腰を下ろしたファラが、渋面で切り出した。

「それがどういった魔道具なのか、まだ詳細がはっきりしておりませんが、昨夜、使用された形跡が報告され、その後製作所に持ち込まれたとみて間違いないかと」

　重々しい彼女の言葉に、スノウは軽く目を見張った。

　昨夜、遅い時間に受付に現れた人物を思い出し……ぞっと肌が粟立《あわだ》つ。

「レディ・スノウは魔道具を間近でみた唯一の証人なのですが……何か覚えてますか？」

　ファラの隣に座っていた、神官のルーン・グレアムが身を乗り出す。その彼に、スノウは考えながら答えた。

「……あれは……傀儡でした」

襲い来る寒気を堪えるよう、腕を撫《な》でて告げると、ルーンが眉間にしわを寄せた。

「傀儡か……厄介ですね」

傀儡、とは魔術師が人形などを使って人と同じ動きをする存在を作り上げる魔法だ。

人そっくりに作られた精巧なものから、ぬいぐるみの熊なんかを動かして使う場合もある。術者がそこにいなくても、行動を指示しておけばその通りに動かせる、危険をはらんだ術なのだ。

故に使える者も限られているのだが。

「ただ……普通の傀儡と違っていて……」

何故か舌が上手《うま》く動かなくなる。

あの時、訪問者はフードを着た闇、といっても過言ではないほど実体が無かった。目の前でぐずぐずと溶け、現れたのは真っ暗な闇だった。

「私を名指しして来ましたが、人と呼べるものがあったのかどうか……」

「君を名指しした⁉」

その瞬間、ぎょっとした声が隣からして、思わずそちらを振り返る。

イリアスが大きく目を見開いてスノウを見ていた。

「は……はい……」

再び、じわり、と舌先に苦い物が込み上げ、スノウは自身の身体が闇に支配されかかった感触を思い出す。それを払拭するように、スノウはゆっくりと話した。

「ま、真っ暗で……や、や……が……こ、凝ったような……と、とにかくひひ、人じゃ……」

（あれ……上手くしゃべれない……!?）

昨日の意識を侵食される感触を思い出し、スノウが動揺する。「闇」という単語が舌先で凍り付いて出てこない。

そんな彼女に気付いたのか、隣に座るイリアスが素早く肩を抱き寄せ、ゆっくりと頬《ほお》を撫でた。

「落ち着いて……連中は君に何もできないから」

ふわ、と清涼な空気が身体を包み込み、頬に触れる指先がひんやりして爽やかに感じる。

「そう……深呼吸して」

目蓋を閉じ、ゆっくりと息を吸って深く吐きだす。

痺《しび》れたような感触が徐々に遠のき、スノウは彼から香る冬の……松林のような凛《りん》とした香りに身をゆだねた。

「うん。上手だね」

そっと甘い声が囁く。それは何故か耳朶《じだ》ではなく……唇に触れた気がして、スノウはゆっくりと目を開けた。

それと同時に、柔らかく湿った、温かな感触が唇を覆い、視界にはぼんやりと、どアップなイリアスの顔が映る。

え？　と思う間もなくちゅっと濡《ぬ》れた音が立ち、ゆっくりと彼が身を引くのがわかった。

「隊長……」

「彼女は俺の恋人だ。何か問題でも？」

ファラの呆《あき》れた声と同時に、イリアスが堂々と告げるのが、固まったスノウの身体に沁《し》みた。

切り傷にかけられた消毒液のように。

「……って、恋人⁉　ていうか、いま、き、きき……き」

「まだ舌先がしびれてる？　呪詛《じゅそ》が残ってそうだったからキスしたんだけど……」

足りない？

真っ赤になってしどろもどろになるスノウに、再びイリアスが顔を寄せ彼女の唇を塞ぐ。

今度は軽い触れあいで終わることなく、後頭部を支えられ伸《の》し掛《か》かられ、ぽかんと間抜けに開いた唇の間から熱い舌が滑り込んで来た。

「んっ⁉」

仰天し、押し返そうとするスノウの抵抗などものともせず、イリアスはキスを深め、上手に動かなかった舌を絡めて吸い上げる。

「ふぁ」

思わず鼻から甘い吐息が漏れ、イリアスがゆっくりと顔を上げた。

そのまま離れるかと思いきや、名残惜しそうに唇を舐《な》められてスノウの顔から湯気が出そうになる。

「……隊長が浮かれているのは十分にわかりました」

自分の身に一体何が起きたのかと、熱暴走し始めるスノウの脳裏に、冷ややかすぎる声が染み入って、彼女はあっという間に我に返った。

視線を向ければ、両目を手で隠すルーンとげんなりした表情のファラが目に飛び込んで来て、スノウは「ひゃうっ」というオカシナ声を上げる。

「ち、ちち、違うんです、こ、これは⁉」

「あれ？　まだ治ってない？　おかしいな……もう一回」

眉をひそめたイリアスが再び顔を近寄せて来て、スノウは大急ぎで彼の唇を両手で塞いだ。

「だから違うって言ってるじゃないですか！　馬鹿なんですか⁉　馬鹿ですよね⁉」

「俺はいつでも至極まじめだ」

きりっとした顔で告げるイリアスに、真っ赤になったスノウが口をぱくぱくさせる。その様子を交互に見ていたファラが、はーっと重い溜息を吐いた。

「とにかく、隊長とレディ・スノウが恋人同士なのはよーくわかりました。それで？　今後一体どうするおつもりで、大事な大事な彼女を何故ここに連れて来たんですか？」

傀儡が手にした魔道具によって呪われたスノウ。

本来ならば襲った人物を特定するまでは安全な場所にいた方がいいだろう。

彼女から事情聴取するためだというのなら、それこそ恋人宣言をしたイリアスが自宅の屋敷で話を聞けば問題ない。

それをあえて隊舎に連れてくるのはどういうことなのか。

ひたりと切れ長の、美しい若葉色の瞳をイリアスに向ける。

と、同時に、緊張感あふれる空気が周囲に漂い、スノウも何となく強張《こわば》った面持ちで三人を見た。

だがファラの鋭すぎる視線を前に、イリアスが数度瞬《まばた》きした後、にっこりと微笑《ほほえ》んだ。

「そりゃもちろん、彼女を護るためだよ」

――……え？

目が点になるスノウに眩《まぶ》しすぎる笑顔をみせ、イリアスがきらきらと輝く、爽やか空気を醸し出す。

「あんなことがあったんだ。もう彼女を一人でなんて置いておけない。魔道具が発見されるまで、俺が付きっ切りで対処する」

「えええええええええ⁉」

スノウの絶叫に被るように、ルーンと、それから冷静沈着に見えたファラまでもが驚愕《きょうがく》の声を上げた。

「隊長⁉　本気ですか⁉」

「レディ・スノウを連れ歩くんですか⁉」

「何考えてるんですか、イリアス卿《きょう》⁉」

ファラ、ルーン、スノウの言葉に、彼は腕を組んでうんうんと頷《うなず》く。

「現在、俺たちは魔道具の捜索と封印、破壊を頼まれている。魔物討伐のような戦闘や犯罪者を追い詰めるようなものではない、比較的緩い任務だ」

そっとスノウの手を取り上げ、イリアスがぎゅっと握る。

ごくん、と喉を鳴らして視線を上げれば、彼がじっと彼女の瞳を覗《のぞ》き込《こ》んだ。

「君を屋敷に閉じ込めて安全を確保する方法もあるが、それだと魔道具を探す俺の目が届きにくい。ならば一緒にいたほうがいいだろう？」

「…………い、いいえ、私は屋敷にいる方が断然いいとおも」

「君を一人にした瞬間に、傀儡がやって来た。それも、君を名指ししてだ」

イリアスの指先が、つ、とスノウの手の甲を撫でそのまま手首へと降りていく。

「傀儡魔術まで使える存在だ。屋敷の防御が万全だとはいえ、どこから侵入してくるかわからないし、俺は君から目を離したくない」

きゅっと細い手首を掴《つか》まれ、持ち上げられる。そのまま指の背に口づけられて、スノウは言葉が出ない。

口から魂が抜けだしているのでは？　という雰囲気でぼんやりイリアスを見上げていると、とてもいい笑顔を浮かべたイリアスが無言の部下二人に視線をやった。

「というわけで、次の任務の確認だ」

有無を言わせないその様子に、三人はあきらめの境地で溜息を吐くのだった。

◆◇◆

王宮で行われる大舞踏会。

そこには王都に街屋敷《タウンハウス》を持つ貴族はもちろん、地方からも大勢が集まる夏の宵の大イベントだ。

王都でも屋台が沢山出て、広場では夜に庶民による舞踏会も催される。張られたロープには沢山の提灯《ちょうちん》が吊《つ》るされ、色とりどりの光が溢《あふ》れるその日は、沢山の観光客も押し寄せ、銀嶺は大忙しとなる。

王都防衛が主任務に組み込まれている彼らのうち、イリアスたち聖騎士隊も仕事が警邏《けいら》メインに切り替わり、大勢の部下を率いて王都を巡回するのだが……。

（ううう……目立ってる目立ってる……）

街へと出る前、銀嶺の聖騎士団所属の構成員が施設内の広場に集結している。

その中の、他の部隊からの視線がちらちらとスノウに刺さり、彼女はなるべく目立たないよう、じりじりと後退して副官のファラの横に並ぼうとした。

だがファラの背中に隠れるより先に、がし、とイリアスがスノウの手首を掴み引っ張るようにして自分の隣に立たせた。

きりきりと痛む胃を抱えたまま胡乱《うろん》な眼差《まなざ》しをイリアスに向ければ、彼が嬉《うれ》しそうにスノウを見下ろしており、さっと視線を逸《そ》らすしかない。

普通、編成された隊のトップの隣に立つのは副官だ。

だが彼女はイリアスの後ろに付き、その後ろにルーン、そして警邏に振り分けられた聖騎士の資格を持つ構成員が二列になって並んでいる。

（私は副官じゃないってみんな知ってるのに～……）

頭を抱えたくなるのを堪え、スノウはきゅっと唇を引き結ぶ。

現在彼女は聖騎士隊と同じ制服を着ている。一般の人が見ればスノウも騎士の一人に見えるだろうが、この場にいるほぼすべての人が、彼女の所属が「魔道具製作所」だと知っている。

ひそひそ話す声に「なんで？」とか「どうして修復師が？」なんて声もちらほら聞こえてきて、せめて後方に下がりたいと視線でイリアスに訴えるのだが、彼は全く意に返さずにこにこ笑うだけだ。

いたたまれない全体朝礼が終わり、騎士達がそれぞれの持ち場に向かって動き始める。

イリアスの隊は街の東側の警邏の担当となり、隊長自ら部隊員に向けて細かな地区の割り振りを始めた。

ファラやルーンも別々の地区へと割り振られ、そこで警邏と同時に魔道具の行方を捜すのだという。

スノウはと言えば、イリアスが手を掴んで放さないので彼と一緒に行動することが決定づけられていた。

動き始める人の中、最後の打ち合わせとばかりに二人がイリアスの元に集まって来た。

「他の神官を連れてざっと確認しましたが、例のサインをした人間の痕跡があちこちにあります」

切り出されたルーンの言葉に、三人は真剣な顔で頷いた。

比較的自由に動き回れる存在が魔道具を持っていると考えて間違いないだろう。

「一般人でしょうか」

何気なく動き回る構成員を見つめながらファラが呟《つぶや》く。それにイリアスは首を振った。

「ならスノウを名指しする意味がわからない」

「隊長、レディ・スノウを連れ歩くとなると……レディの身に危険が及びませんか？」

挙手したルーンの質問に、イリアスがにやりと笑った。

「そうだな。今の朝礼でスノウの存在は目立った。魔道具製作所ではなく、俺の傍にいるんだとわかったら、手出しするにしても向こうも出方を考えるだろう」

だが、傍にはイリアスがいる。どんな相手も返り討ちにすると豪語する彼に、スノウは真っ赤になって俯《うつむ》くしかない。

ごちそうさまです～と謎の発言を残して二人が消え、「さ、俺達も移動しよう」と手を取られてスノウは意を決して顔を上げた。

何故彼はここまでしてくれるのか。

そもそも恋人宣言は必要だったのか。

というか本当に……？

「あのっ！」

「ん？」

先を行くイリアスが歩を止め、スノウを振り返る。眩しすぎる様子に引き下がりそうになりながら、スノウは恐る恐る尋ねた。

「……なんで……そこまでしてくださるんですか？」

そもそもイリアスと自分の接点などないに等しかった。

しいて言えば彼の目の前で倒れたくらいだが、それがきっかけで屋敷に連れ帰られたので、その前からスノウのことを知っていなければ屋敷に連れ帰る理由にはならないだろう。

ましてやあんな……。

彼に触れられた時のことを思い出して、身体のあちこちに甘い疼《うず》きが蘇《よみがえ》る。

ずくん、と腰の奥が熱くなるのを覚え、スノウはその感触を振り払うように早口に尋ねた。

「私を拾う前からずっと呪われた魔道具を追っていたのですか？　そのために製作所を監視してた？

今回の魔道具の狙いが私だって知っていたからそれで近づい――」

「違うよ？」

「そう、違う……――え？」

あっさりと告げられた内容に、ぱっと顔を上げる。

その瞬間、顔を寄せたイリアスが人目もはばからずスノウの額にキスを落とした。

遠くで聞こえた「きゃあああ」という悲鳴を背景に、彼女は空色の瞳を真ん丸に見開く。

唖然《あぜん》とする彼女にふっと目元を和ませたイリアスが、彼女の手を取って自分の腕にかけ、そのまま
ゆっくりと歩き出した。

「確かに君をずっと見てはいた。でもそれは……仕事関係じゃない。ただ純粋に……君が気になって
いただけだ」

本来ならばきびきびと、歩調を大きくして歩くはずのイリアスが、スノウに合わせてゆっくりと歩く。

「……なんでですか？」

唐突に「気になっていた」と言われて、どこかに接点があっただろうかと首をひねる。スノウが覚
えている限り、イリアスと初めて出会ったのは、彼の妹さんから貰《もら》ったお守りのウサギのマスコット
を修復した時だ。

だがそれ以降、彼から依頼を受けた覚えはない。

眉間にしわを寄せて考え込むスノウに、イリアスが再びのんびり告げる。

「俺と君を繋《つな》いでくれたこのマスコットだけど」

隊服の内ポケットから彼はスノウが修復したお守りを取り出す。掌《てのひら》サイズの可愛らしいウサギのぬいぐるみだ。

「本当に大事な物だってことは君に話しただろう？」

柔らかな視線をマスコットに注ぎ、彼はちょっと目元を赤くして話し出す。

「でもこんな可愛らしいものを俺みたいな成人男性が持ってるなんて……不似合いじゃないか？」

そんなことはない、と言いかけてスノウは黙り込む。確かに……何も事情を知らなければ「変わった人」だと思われても仕方ないだろう。

「でもそれは妹さんからいただいた大切なものですから……それを説明すれば……」

「かもね。でも『妹から貰ったもの』を後生大事に持ち歩いてるっていうのも……ね？」

そっと目の前に掲げたウサギのお守りを、苦笑するように見つめるイリアスに、スノウはぐっと彼の腕を掴んだ。視線が、スノウに向く。

「そんなの関係ありません！　お守りとしてそのウサギはとても優秀です。修復した時、大きな祈りと願いを感じました！」

気付けばスノウは力一杯イリアスに語っていた。

「それはイリアス卿の命を守るほどでした。それを感じ取った私は、できる限りその意志を尊重しました。あなたをありったけの力で守ってあげてと。そんな風に込められた願いを大事にすることの何が悪いのですか！」

かすかに、彼の蒼い瞳が大きくなる。

「見た目が可愛い、妹から貰ったもの、その二点だけで役目を果たせないなんてかわいそうです！」

力を込めて訴える。

沢山の魔道具がスノウの所属する製作所に持ち込まれる。無残に破壊され、原型をとどめていない物もある。中には泣く泣く破棄せざるを得ないこともあるのだ。

作った人の思いを汲《く》んで、丁重に浄化して焼却、金属ならば再構築して新たな武器へと生まれ変わらせるのだが、大抵持ち主は「いらない」という。

修復が無理なら買う、とあっさり言われてしまうのだ。

その度に寂しい思いをするスノウは、物を大切にするイリアスがとても好ましく思えたのだ。

「そのウサギはこれからもきっと……絶対、イリアス卿をお守りしてくれます。間違いありません。だからずっと大事に――……」

力説し、必死な思いで彼を見上げていたため、当の本人が呆気《あっけ》に取られて自分を見下ろしているのにスノウはやっと気づいた。

かあっと頬が熱くなる。

「も、もちろん……あ、新しい道具を依頼されるのも……私としては嬉しい限りなのですが……」

（恥ずかしッ！　高位貴族相手に物の大切さを語ってしまった……！）

彼らの生活がどういうレベルなのか、スノウはここ数週間で十分に理解した。

高価な装飾品や食器、絵画などの美術品からドレスに至るまで一級品ばかりだった。

伝統を重んじ、物を大切に扱う一方で、金に糸目をつけずに新たな物を欲する。

相反するようだが、自らが伝統や文化を新たに作っているという自負もあるのだろうと……遅まきながら気が付いた。

自分だって新製品の開発が無ければ技術の発展も見込めないと知っている。

それを公爵家の三男であるイリアスが知らないわけがないのだ。

思わず俯いて、彼の視線から逃れていると、不意に顎を掬《すく》われて顔を上げた。間近に迫ったイリアスが再びキスをしてきた。

軽く……ちゅっと唇に。

「ああ、ほんと……可愛いね、スノウは……」

両腕を回されてぎゅっと抱き締められ、彼女は全身が真っ赤に熾《おこ》ったようになった。

「イ……イイ、イリアス卿⁉　こ、ここ往来……ひと……みんな……」

「大丈夫。誰もいないから」

「ええ⁉」

温かな胸に顔を埋めているため視界が利かない。本当に誰もいないのだろうか？　さっきまで結構な人数の騎士が目的地を目指して歩いていたが？

（大丈夫？　これ、本当に大丈夫⁉）

さっきは黄色い悲鳴が聞こえたが……と耳を澄ませば、バクバクいう自分の心音だけが耳にこだまする。

「……スノウ」

きゅっとさらに彼の腕が締まり、早駆けしていた鼓動が一拍だけ強く鳴る。ふと、頬を押し当てている彼の隊服の、その奥に響く力強い鼓動を耳にしてスノウはじんわりとお腹《なか》の奥が熱くなるのを感じた。

胸郭の中で脈打つ、彼の心臓。

その拍動と同じように……自分を暴いて貫いた熱抗が胎の奥で脈打つ様子を思い出す。

ぼん、と音がしそうな勢いで真っ赤になったスノウがぐいっと腕を突っ張り、無理やりイリアスとの間に距離を作った。

驚いた彼がこちらを見下ろす。その蒼い瞳を見上げて彼女は声をひっくり返して訴えた。

「つ……つまりはイリアス卿はあの時から私を気にしてくれていたということですね⁉　で、でもそれが『恋人』宣言にまで発展するのはちょっと――」

「……君は俺のこと好きだって言ったよね？」

必死に彼から離れようとするスノウの両腕をイリアスが掴む。やや硬い声が囁くのを聞いて、スノウはそれを囁かれた瞬間を思い出して耳まで真っ赤になった。

「あの時も……嘘《うそ》かどうか尋ねたけど……」

ぞくりと腰が震え、彼の甘い声が纏《まと》う夜の空気に記憶が鮮明になる。

「ちゃんと……教えて？」

耳元でささやかれて、彼に貫かれた濃密な夜が瞼《まぶた》の裏に蘇り、スノウはふるふると首を振った。

「……嫌いってこと？」

「ち……違います……」

「じゃあ、何？」

「す……」

「す？」

「………き、で……す」

「……うん」

ちょっとの間が開き、スノウはこっそりと顔を上げる。

（わ……）

そこにはあらぬ方向を見つめるイリアスが、片手で口を押えていた。耳の先端が赤く、どう見ても照れているようで、それが伝播《でんぱ》してスノウの顔も真っ赤になってきた。

「な、なんで言わせたイリアス卿が赤くなってるんですか……」

口の端を震わせてそう告げれば「ごめん、ちょっと待って」と謎のタイムを要求される。

「何も言わないで。何か言われたら……それだけで自制できなくなりそうだから」

掠《かす》れた声に潜む、甘い獰猛。

（……それは私も同じかもしれない）

俯き、きゅっと支給された隊服の裾を握り締める。

彼に抱かれた時、スノウは「これが偽装でもいい」と彼の「好き」を自分に都合よく勘違いした。

自分を本当に好きなんだと、そう思おうとして……その恐ろしさにも気が付いた。

でも……もしかして……本当に……。

（イリアス卿は私のことが……）

そっと目をあげると、腰に手を当てたイリアスが深い深い溜息を洩《も》らすところだった。

「そんな可愛いこと言われたら、今すぐ屋敷に戻って君をめちゃくちゃにしたいけど……」

「⁉」

「我慢する。まずは魔道具だ」

半分は自分に言い聞かせるような口調で告げて、そっとスノウの手を取って歩き出す。

きゅっと指を絡めるようにして取られた手に視線を落とし、スノウは込み上げてくる衝動を呑《の》み込《こ》むように唇をむにゅむにゅさせた。

「あの……」

「俺達は恋人同士……正真正銘ね。だから別にいいだろう？」

「で、でも仕事中ですから——」

「君を特別扱いするのが今の任務だから、気にしない」


——そうだな。今の朝礼でスノウの存在は目立った。魔道具製作所ではなく、俺の傍にいるんだとわかったら、手出しするにしても向こうも出方を考えるだろう——

不意に先程のイリアスの言葉を思い出し、スノウは身を引き締める。スノウを狙う何者かが……いるとは思えないが、あの傀儡のようなものは確かにスノウを名指しした。

「……わかりました」

ぎゅっとイリアスの手を握り返し、驚いて見返すイリアスに、うん、と一つ頷き返す。

「協力します」

そのまま肩をそびやかし、銀嶺の正門を抜けるスノウは知らない。ちょっとだけイリアスが複雑そうな顔をしていたことを。

◆◇◆

「どういうことなの⁉」

酷い剣幕《けんまく》でダイアナが紳士に詰め寄る。

「あの女はぴんぴんしている上に、イリアス様の傍に我が物顔でいるじゃない！」

真っ黒なドレスに、真っ黒なボンネットを被った彼女は、周囲を警戒することなく声を張り上げる。

すっかり日の落ちた王都の下町。そこにある小さな酒場の丸いテーブルに二人は腰を下ろしていた。

幸いなことに周囲には誰もおらず、一人、店主だけがカウンターの奥でグラスを磨いていた。

「まあまあ落ち着いて」

対して、鏡を通して契約を持ちかけた紳士は余裕の表情でダイアナを宥《なだ》める。青白い顔に微笑みを浮かべ、彼は手元に置かれたグラスを持ち上げてみせた。

「確かにあの場に聖騎士たちが乗り込んでくるのは想定外だった。だが収穫もあった。……そうだろう？」

にこっと笑う彼はウイートンと名乗り、伯爵だという。その彼が何故あんな「身代わりを生み出せる」鏡を持っているのかは、ダイアナは知らない。

「……あなたは魔道具を使えばその場にいなくても不要な人間を排除できるとそう言ったわ」

低い声で言えば、伯爵は肩を竦《すく》める。

「その『不要な人間の虚像』を手に入れたんだ。うまい具合に使えばいい」

あの鏡はどうやら、映した相手の影を放つことができるようで、使いこなせればその影をより実像に近いもの……虚像へと変化させられるらしい。

最初にウイートンを「魔力無し」と馬鹿にした娼婦《しょうふ》を、適当な客の影を奪って襲い、手順を確かめた後、ダイアナの従僕の影を使ってスノウを襲った。その際に、上手い具合に影の鏡がスノウの姿を綺麗に写し取ったのだ。

手元の鏡に残る、リアルな虚像。それを使えと、伯爵は青白い顔に瞳だけをぎらつかせて囁く。

「なかなか手に入らない憎い相手のそっくりな姿だ。それを使えば何ができるか……わかるだろう？」

歌うような彼の言葉に、ダイアナは唇を噛《か》み、不審な眼差しを向ける。

「……そうやって、私に鏡を使わせるその意図は何なの？」

目を細める彼女に、伯爵は眉をあげるとぞっとするような笑みを浮かべた。

質問に答えず、グラスの中身をちびちび飲み始めるこの男に、ダイアナは蛇の様な印象を受ける。

時折見せる昏《くら》い眼差しは……深く世の中を恨んでいるようにも見えた。

「君が上手に鏡を使えるようになってくれると、わたしにもメリットがある。その練習だな」

胡散臭《うさんくさ》そうな表情を崩すことのないダイアナに、彼は両手を軽く広げて見せた。

「わたしは元来……馬鹿にされるのが嫌いなんだよ。何者にも……ね」

◆◇◆

（これも捜査の一環……ということなんでしょうけど……）

自分のように弱小貴族など呼ばれることのない、王城での舞踏会。そこにイリアスと共に参加しているスノウは、豪華な装飾の施された天井と、光り輝くシャンデリアを見上げてぽかんと口を開ける。

用意された、淡いピンク色のドレスを纏い、覚束《おぼつか》ない足取りでふわふわと歩いていると、スノウの腰を抱いてエスコートするイリアスがくすっと笑うのが肌でわかった。

「そんな風に上を向いて歩いてると転ぶよ？」

耳元で囁かれてびくりと肩が震える。

慌てて視線を戻せば、ちらちらとこちらを見る視線を感じていたたまれなくなった。

（ううっ……街を歩いていた時や銀嶺施設にいる時とはまた違う視線が……）

痛い。

市街地を警邏する間は「憧れの銀嶺の、それも聖騎士隊！」という尊敬が混じったものが多かった。

銀嶺施設内は「あれが現在閉鎖中の魔道具製作所で襲われた人か」というのと「イリアス卿とどういう関係？」というものだ。

今は「何あの女、弱小貴族の娘？」「それがなんでレドナ公爵家のご子息と？」という敵意と下種な好奇心が混じったものになっている。

ちくちく突き刺さる視線は、光が洪水を起こす舞踏会場で、更に眩しいキラキラを振りまくイリアスに向くと途端、蕩けたようになる。

時折エスコートされるスノウと見比べ、怪訝《けげん》そうな顔をされるが、それを感じる度に「デスヨネ」と言いたくなる始末だ。

（もし魔道具の回収が済んでいたら、こんな針の筵《むしろ》にいることはなかったんだけどな……）

結局大舞踏会の前に魔道具の回収はできなかった。

自分を狙う人物の特定ができない限り仕事場に行くのを禁止されていたスノウは、それでも請け負った仕事があるからと、イリアスと所長に頼み込んで朝早い時間の利用を許された。

当然、イリアスも付いてくる。

部屋にこもるのは禁止、と言い渡され大きく扉を開けた中で作業をする。廊下で椅子に座ったイリアスがじっとスノウの背中を見ているのだが……それが気になって集中するまで時間がかかった。

やっと頼まれた剣を直し、手がけていた新製品の製作に着手する。

夢中でやっているうちに、背後から伸びてきた手にぎゅっと抱き締められて「ひゃあ⁉」と声を上げてしまった。

「時間だよ、スノウ」

脳がしびれる声を耳から吹き込まれ、ひいいいええええ、と妙な悲鳴が喉から漏れた。

もう少しだけ、と未練がましいスノウをイリアスはとてもいい笑顔で却下して回収し、それから警邏に連れ出すと一日いっぱい外で過ごしたのち、屋敷に帰って腕に抱かれて眠る始末。

（……体を重ねることはないけど……）

ぎゅっと抱き締められて眠る日々に、最初は緊張していたが多少は慣れた今は、徐々に入眠までの時間が短くなっている。

何よりほぼデスクワークだったのが、街中を歩きまわる生活にシフトチェンジしたからか、肉体的疲労もあって最近はあっという間に寝落ちしてしまう時もある。

だからすっかり忘れていた。

（なんとなく……傍にいるのが当たり前、みたいになってたけど……）

正真正銘の恋人同士。

そんな風に言って笑ったイリアス。

だが煌《きら》びやかな王城の舞踏会で、堂々と振舞う姿に今更ながらに気後れする。

住む世界が違う、と。

（そりゃ一応……一応！　領地のある貴族の娘だけど……）

地味な魔力しか持ち合わせていない子爵程度では、舞踏会への出席を求められることもない。銀嶺への参加だって、領民上げてのお祭り騒ぎだったのだ。

じわじわと足が重くなる。

（私……本当にイリアス卿の隣にいていいんだろうか……）

その時、不意にイリアスが足を止めた。

はっとして隣を見上げれば、彼の視線が舞踏会会場の壁際に注がれていた。

ファラとルーンが立っている。

笑顔と談笑の渦の中で、二人はやや強張った顔でイリアスを見つめ、ファラが美しく身体に沿うような黒のドレスに似合わない厳しい表情で一つ頷いた。

（もしかして……）

ぐ、とスノウの腰を掴む手に力がこもり、促される様にして二人の元へ歩み寄る。

イリアスが口を開くより先に、ファラが静かな声で切り出した。

「……ルーンの光魔法によりサインした人間がこの会場にいることがわかりました」

果たして誰なのか。

はっとして目を凝らすイリアスだが、痕跡は儚《はかな》く、光と喧騒《けんそう》に満《み》ち溢《あふ》れる会場では見つけ出せない。

思わず舌打ちするイリアスと同時に、ファラが溜息を吐いた。

「せめて男か女かわかればいいのですが……」

大勢の人が入り乱れる中、とうとう最初のワルツが始まった。まずは高位の貴族からダンスが始まり、中央には王太子殿下と婚約者の公爵令嬢が立つ。

人のざわめきに加えて音楽が流れ、会場の空気が大波のように揺れる。スカートが舞い、黒く輝く靴が鏡面のような床を滑っていく。

眩暈《めまい》がしそうな高揚感が溢れ、スノウはくらんと目が回る気がした。

人の流れが速く、この中で一人を見つけるのは海を漂う藻を見つけるようなものだろう。

そう、何の目印もないまま、一人の怪しい人物を見つけることなどできはしない……――。

(……目印)

そこでスノウははたと気が付いた。

「あの」

考え込む三人に挙手をする。

守られるばかりでは何も解決しない。

ならば、自分にできることを……隣にいても許されることをしたい。

犯人に唯一、接触したことがあるのがスノウなのだ。それにここで呪いをぶつけられる可能性は低いだろう。

(だからこれが最善……!)

心臓がいつになく緊張で速くなる。それを呑み込みながら、スノウはゆっくりと切り出した、

「イリアス卿と入場したことで私の存在は会場中に知れ渡りました。ということは……ここに標的がいるのなら犯人は私に近づいて来るはずです」

言いながら、口の中が乾いていく。

自分には戦闘をする能力も、高貴な血筋も高い爵位も持っていない。仕事だって物を修復する、効

果を付与する等地味なものだ。

　それでも自分にしかできないことだってある。

「私が一人になれば……男だろうが女だろうが、絶対に接触してくるはずです」

　ぐっと両手を握り締めて訴えれば、イリアスが一瞬だけぽかんとした表情をしたあと、震える声で告げた。

「絶対に駄目だ」

「いえ、これはとてもいい方法だと思います」

「駄目だ」

「こんな大勢の人がいる……しかも最も守られている王城で、またあんな呪いを発動させるわけないじゃないですか」

「却下」

「イリアス卿！」

　不満げに声を荒らげるが、彼は頑として首を縦に振らない。

「その提案は聞かない」

「隊長」

　強張った顔で言い切るイリアスに、ファラが顔の辺りに手を挙げて割って入った。

「レディ・スノウを一人、暗い庭に放置する必要はありません。この雑踏では光魔法で繋がれた糸が見えないので、その集団から引き離せればいいんです。ならば、レディ・スノウからイリアス卿が離れるだけで充分です」

それだけで、不要な視線をイリアスが惹《ひ》きつけられるし、ガードの下がったスノウに近寄りやすくなるだろう。

「傍にいられたら、どれがレディ・スノウを狙う視線なのかも判別できません」

きっぱりと告げられて、イリアスが言葉に詰まる。

埒《らち》が明かないと肌で感じたルーンも援護する。

「ホールから出たりもしませんし僕とファラが付き添ってしっかり見極めます。隊長から良く見える反対側にいてもいいですし」

部下二人に詰め寄られて、イリアスは言葉もない。強く奥歯を噛《か》み締《し》めているのが強張った顎の様子から見て取れ、スノウはほんの少しくすぐったくなった。

(これだけ大勢の人がいるのに……簡単に誰かを殺せるわけないのに……)

気付けば、彼女は手を伸ばしイリアスの頬に触れていた。

綺麗な蒼色の瞳がスノウを捉え、焼けるように熱い彼の手が細い手首を掴む。

「……心配なんだ。片時も離したくない」

「この間は製作所に一人でした。それでもイリアス卿は助けに来てくれたじゃないですか」

「けど……」

「今はレディ・ファラにルーン卿もいます」

しっかりと頷いて見せれば、イリアスが深い深い溜息を吐いた。

「………わかりたくないけど……わかった」

不服そうなその言に、思わず吹き出す。名残惜しく腕をなぞる彼の指先から逃れ、スノウはファラとルーンの前で胸を張った。

「イチかバチか、試してみましょう」

勢い込んだスノウの台詞《せりふ》に二人は視線で合図を送ると、ゆっくりと歩き出す。その後に続きながら、スノウは後ろを振り返りたくなるのを堪えた。

代わりに、背中にぐさぐさ突き刺さるイリアスの視線を感じて苦笑する。

(これで相手が特定できれば……)

一抹の寂しさが胸を去来し、スノウは唇を噛んで耐えた。

彼が言う「正真正銘の恋人」という言葉が将来を約束した仲を指すとは思えない。あくまでも「好きな人」。一定期間の恋人を指している気がする。

それでもいいと、思っていた……はずなのに。

(私はもっと先を望んでる……)

スノウの耳が赤くなる。

身体の中央から熱い塊が込み上げて来て、小さな震えが身体を襲う。

そう。

自分はイリアスの唯一の女性になりたいのだ。

(……イリアス卿の隣を……死守したい)

その決意が今ここで、物凄《ものすご》い勢いで固まっていくのを感じてスノウは短く息を吸った。

(好き……だから)

今ここで身体の奥から自然とぽこぽこと湧いてくる言葉は、今までと全く違う決意が混じっている気がした。

好きだという、決意。

好きであり続けるという、誓い。

そして好きでいてほしいという、強い願いでもある。

「……レディ・スノウ?」

歩調を緩め、彼女の隣に来たファラが顔を覗き込む。

とても美しい、女性らしいファラ。彼女がイリアスの隣に立つ姿を、皆が賞賛を持って眺めるのだろう。でもそれに劣らない存在に、自分もなりたい。

「……レディ・ファラ」

そっと低い声で彼女の名前を呟き、軽く目を見張る彼女に唇を噛む。

「私……絶対に上手くやりますから」

鼻息荒く告げれば、驚いた様子の彼女がゆっくりと両方の口の端を引き上げて笑った。女性の自分でもドキリとするほど……妖艶でカッコいい笑み。

「わかったわ。今日で決着着けるわよ」

「はい!」

そう。何もかも今日で決着を。


舞踏会に片手の指で足りるくらいしか参加したことのないスノウは、必死の笑顔を張り付けて、誘いに来てくれた紳士とフロア中央を踊る。

彼らは礼儀正しく、スノウをリードし当たり障りのない質問をしてくる。

それらを、不慣れなステップを踏みながら全力で精査するのは……なかなかに骨の折れる作業だった。

(どこかに……魔道具を匂わせる単語が潜んでいるかも……)

だがスノウが魔道具製作所の職員なので、彼らが話す話題の大半が魔道具に関してだ。

中にはあからさまに新作を……それもトンデモナイ仕様のものを作ってほしいと告げる人間もいて、スノウの頭の中は制作スケジュールと呪いを発動させた犯人と新作の構想でごちゃまぜになる。

早くもパンクしそうで目を白黒させていたため、スノウは周囲に気を配ることができなくなっていた。

一人、苛立たし気に踊る彼女を眺めている紳士がいることにすら気付けていない。

ようやく踊りを終えてファラが待つ会場の端に移動する。

お辞儀をして去っていく紳士は、壊れた物を修理するより買った方が経済を回して世の中が発展する、という持論を延々と語る人物だった。

物を大切にしたい派のスノウは、それを聞くだけでかなり疲労してしまっていた。

「レディ・ファラ……ちょっと休憩を……」

よろよろと彼女に手を差し伸べて歩み寄れば、慣れないヒールに脚が強張り、がくん、と身体が揺れる。それをルーンが慌てて抱き留《とど》めた。

「大丈夫ですか？　ソファまで支えますね」

サラサラの金髪の向こうから困ったような顔で覗き込まれ、気恥ずかしくなる。

がくがくと頷いて、抱え込まれて歩きながらようやくソファに腰を下ろした。

すかさずファラが隣に座り、ルーンに「紅茶でも持ってきて」と笑顔で頼んでいる。

「何か収穫は？」

前を向いたままひそっと尋ねられ、スノウは溜息と同時に首を振った。

「特に怪しい人はいませんでした」

「……男性が犯人とは限らないものね」

その発想はなかった。

「女性ならどうしましょうか……」

「それも近寄って来るのを待てばいいわ。踊った人たちとは主に何の話を？」

今度はにこっとした笑顔で聞かれ、スノウは煌びやかな天井に視線を遣って、うーんと考え込んだ。

「……主に魔道具のことを。こういうのが欲しいとか……こういうのはできるか、とか……」

「怪しげな道具を拾ったとか、買ったとかは無し？」

「はい。今のところは」

視線をファラに戻せば、彼女は何故かホールの奥を見つめて目を細めている。何を見ているんだろうとそちらに視線を遣《や》るのと同時に、彼女ががしっとスノウの肩を掴んだ。

「これは一応……上司が今にも沸騰しそうな様子でこっちを見ているから、上司のために聞くんだけど」

「……はい？」

上司。

イリアス卿のことだろうか。

「口説かれたり、告白されたり、この後一緒にとか誘われたりはしなかった？」

真剣な様子のファラの言葉に、目を瞬く。

「そういったことは特に……」

そこでふと、心当たりがあった。

一人だけ、「後で是非詳しい話を聞かせてほしい」と言われた人がいた。ゆるくウエーブのかかったプラチナブロンドの細身の紳士で、三十代くらいの彼は少し顔色が悪かった。

自分は呪いやなにかに詳しくはないが、もしかしたら悪いものに憑《つ》かれているのでは？　とほんの少し勘繰ってしまうほど……青ざめていた。

そのことを話すべきかどうすべきか、考え込んでいるとファラがずいっと顔を寄せる。

「いたのね⁉　どの男⁉」

「え？　いやあの……顔色が凄《すご》く悪かったので、もしかしたら何かに取り憑《つ》かれてるのかなって思っただけで……」

もごもごと思ったことを口にすると、先程とは少し違う雰囲気でファラが眉をひそめた。

「ああ、そっち。それはどの紳士？　魔道具に関係あるかも」

「はい。えっと……」

視線を舞踏場に戻しながら、「三十代くらいの紳士で」と外見的特徴を上げ連ねる。

二人でくまなく相手の顔を観察していると、「げ」という心から嫌がる様な声が隣から聞こえてきた。

見れば、ファラがうんざりした顔で何かを見ている。

「どうかされました？」

「ああ、ほら見てよ。イリアス卿に絡みに行ってる」

その一言に、どきん、とスノウの心臓が跳ねた。慌てて彼女が見詰める方向に振り返れば、背中とデコルテが大きく開いた、真っ白なドレス姿のダイアナがイリアスに絡んでいるのが見える。

細く、しなやかな腕で彼の腕を取り、これ見よがしに身を寄せる。うっとりした眼差しで彼を見つめる様子に、スノウは胸の奥がもやもやするのを感じた。

（レディ・ダイアナはイリアス卿のこと、諦めてないんだな……）

積極的に身体を押し付ける様子に、スノウは知らず、ドレスの裾を握り締める。ぐっと奥歯を噛んで溜息を吐きたくなるのを堪えた。

唯一の救いは、ダイアナをいなすイリアスの表情が礼儀正しいだけで、自分に向けるような優しさも甘さもないことだ。

（……駄目だ……。レディ・ダイアナのことはなんとも思ってないって言われてるのに……あんなに冷たい横顔をこちらに見せているのに……）

それでも触れさせないで、と心が悲鳴を上げるのはどうしてなのか。

（私……いつからこんな……）

「ほんとあの女狐、性悪よね」

ふっと視線を俯かせ、イリアス卿を独占したいと願う自分を宥めるべく、深呼吸を繰り返していたスノウは、苛立たし気に呟かれたファラの言葉に顔を上げる。

「女狐？」

「そう。ちょっと前の討伐戦でも面倒ごとばっか起こして大変だったのよ。しかも今も性懲りもなく隊長に絡んで。隊長はレディ・スノウしか眼中にないのに」

「……え？」

最後の言葉にきょとんとする。目を瞬かせるスノウに、ファラも「え？」と目を見張った。

「気付かない？　スノウが他の男と踊るたびに、隊長、凄い顔で相手のこと睨《にら》んでたわよ？」

「ええ!?」

どきん、と心臓が跳ねる。全然気づかなかった。というか、相手のことを探るので精一杯で周囲に目が行かなかった。

（ほ……本当に？）

ちらりとイリアスを見れば、彼はどうにかダイアナを振り切ろうと、失礼にならないぎりぎりの引き攣《つ》った笑顔を浮かべている。本当に嫌そうだと、遅まきながら気づいたスノウは、きゅっと唇を噛んだ。

「……私、ちょっと行ってきます」

気付けばそう言って、スノウは一歩を踏み出していた。

「レディ・スノウ⁉」

ファラが慌てて追いかけようとするが、何かに気付いたらしいルーンがファラの注意を引く。スノウはただイリアスだけを見て、早足で舞踏室を歩き出した。

早く早く。彼の元へ行って、その腕を取り返したい。

(大丈夫……彼の身体に触れてもきっとイリアスは驚くだけで……)

蕩けるような笑みを見せてくれる。スノウを庇《かば》って歩き出してくれる。そうして……一緒に……。

その時、丁度ダンスを終えたと思《おぼ》しきご令嬢と紳士の集団がスノウの進行方向になだれ込んできて、彼女は慌てて足を止めた。

彼らはのんびりと話しながら流れることなくその場に滞留する。一塊となった集団に阻まれてイリアスの姿が見えなくなり、スノウは舌打ちしたくなるのを堪えた。

足早に固まる集団を回り込むようにして壁際を移動する。

ごちゃごちゃ集まった彼らは自分たちの話に夢中で、通り抜けようとする人に無頓着だ。

どんどん流れ込み、ついにはスノウの身体にぶつかった。

「きゃ」

よろけて手を突いたガラス扉がふわりと開き、足を縺《もつ》れさせたまま会場の外へと押し出される。

慌てて態勢を整えようとするが、流されてテラスの手すりまで辿《たど》り着《つ》いてしまった。

（んもう……）

はうっと溜息を吐いてゆっくりと身体を起こし、スノウは再び扉に向かおうとした。そうしてぼんやりとした人影がそこに立っているのが見えた。

「あなた……」

「どうも」

一歩前に出たその人は、先程「もう少し詳しく話が聞きたい」と言っていた蒼ざめた顔の紳士だった。

◆◇◆

腕に絡まるダイアナに辟易《へきえき》し、視線だけでスノウを追っていたイリアスは、急に彼女がこちらにむかって歩いて来るのを認めて不意に鼓動が高鳴った。

綺麗な空色の瞳が真《ま》っ直《す》ぐにイリアスを映していて、じわりと胸の裡《うち》に喜びが広がる。

かすかに歪《ゆが》んだ綺麗な眉。若干下がっている口の端。そして何より、堂々と踏み出す足運びが大股で、今にもこちらに殴りかかってきそうな気合を感じた。

（……もしかして妬《や》いてくれてる？）

そんな単語に心がふわりと浮き立つ日が来るとは。

「……聞いていらっしゃいます？　イリアス卿」

不意に不満そうな猫なで声がして、イリアスは視線を落とした。がっちりと腕を抱えるダイアナが長い睫毛の下から潤んだ大きな瞳でこちらを見上げていた。

「聞いてませんでした」

さらりと笑顔で答えると、「え？」というようにダイアナが怪訝な顔をする。その彼女を引《ひ》き剥《は》がし、イリアスは失礼にならないぎりぎりの……冷徹な笑顔を見せた。

「というか、聞く価値もないのでもう二度とわたしの耳を穢《けが》さないでもらえませんか？」

ここは王城で社交の場で銀嶺ではない。

だからこそどこまでも紳士的に……慇懃《いんぎん》無礼《ぶれい》に相手をぶった斬る。

驚愕に目を見開くダイアナに「失礼」と爽やかで眩しいくらいの笑みを見せて、イリアスは視線を愛《いと》しい人に戻した。

そう、愛しい人。

自分が唯一……愛していて、傍にいてほしくて、守りたい人。

（ファラとルーンの助言のせいで任務を優先させてしまったが……）

他の男と踊る彼女を見るのは苦痛でしかなかった。

熱心に話を聞く様子は、犯人を特定するためだとわかってはいる。だが……腹が立つ。

（せめて魔道具の形がどんなものかわかれば、こんな風にスノウを巻き込むこともなかったのに）

そう考えて、そもそもスノウを狙った犯行だったと考えを改める。

……――というか、なんでスノウが狙われるのか。

（……まさか）

ずっと彼女に嫌がらせをしてきたのは、今、真っ青になって肩を震わせるダイアナだ。

もしかしたら彼女が魔道具を使ってスノウを襲ったのかもしれない。

（そこまでするとは思ってなかったが、俺の認識違いか？）

そう思い、追及するべくダイアナに話しかけようとして。

「……あら嫌だわ。レディ・スノウじゃないかしら」

ぱっと扇を開いたダイアナが冷めた口調でぽつりと零《こぼ》す。はっとして彼女がいた方向に視線を向ければ、なんと彼女が大胆にも一人の紳士の首にしなだれかかるのが見えた。

「⁉」

ぎょっとして目を見張る。

集団に押されてふらついたのか、寄りかかられた紳士は、礼儀正しく接しようとしながらも多少困惑しているようにみえる。

だが鼻の下が伸びているのをイリアスの眼差しはしっかりと捕らえた。

そんな紳士の胸に両手を添えたスノウが、顔を男の頬に寄せ、赤い唇で何かを訴えている。

（な……⁉）

あそこまでしろとは言っていない。というか……。

（……――どういうことだ？）

可愛らしいスノウにすり寄られ、紳士の目が色を帯びていく。見上げる彼女が何かを告げた途端、彷徨《さまよ》っていた男の手が彼女の背中に触れ、彼女を支えてゆっくりと歩き出した。

どこに向かって何をする気なのか。

人気のない所で話を聞く気なのか。

「イヤだわ……あれって、成金のミスター・ドレイクですわ。海運業で成り上がったみたいで、最近社交界に出入りするようになったって話ですのよ」

眉をひそめたダイアナが滔々《とうとう》と喋《しゃべ》り出す。

「相当なお金持ちで、血筋の良いご令嬢を妻にしたいみたいですけど……レディ・スノウが先に目を付けたみたいですわね」

勝ち誇ったようなダイアナの言葉に、イリアスは息を呑《の》む。

海運業で成り上がった？　大金持ち？　それがどうしたというのだ。

（……あの男に何か不審な点がある？　成り上がり……大金が手に入ったのが我々の探している魔道具のせいなのか……？）

脳内で色々とスノウが身をゆだねた原因を考える。話に乗ってこないイリアスに苛立ったのか、ダイアナが更に続けた。

「それにわたくし、噂《うわさ》を聞きましたの。レディ・スノウが依頼品の魔道具を使って相手を虜《とりこ》にしてお金だけせしめて捨ててるって――」

トンデモナイ言いがかりに、思わずイリアスの視線がダイアナに向いた。

「……まさか本気で言ってるわけではありませんよね、レディ・ダイアナ」

低い声で問いただすと、びくりとダイアナの肩が震えた。だが彼女は扇の下で嫣然《えんぜん》と微笑むと「なら確かめましょう」と赤いマニキュアの塗られた指先でイリアスの袖を掴んだ。

「あの二人がどこへ行こうとしているのか」

もちろん、確かめるつもりだ。

彼女と二人で、というのが引っ掛かったが、イリアスは無言で踵《きびす》を返し、大股でスノウとミスター・ドレイクの後を追う。

苛立つあまり足早になり、後に続くダイアナが文句を言うが、聞こえていない振りをする。

スノウとドレイクは王城の広々とした廊下をどんどん進み、階段を上がり、やがて人気のない塔へと歩いて行く。

声をかけて立ち止まらせたい衝動に駆れるが、スノウがうっとりした表情でドレイクを見上げるのをみて必死に堪えた。

何かの作戦だろうか。

スノウには考えがあるはずだ。

(そうでなければあんな顔を……相手に向けるわけがない)

ぎり、と奥歯を噛み締め、付かず離れず彼らを追う。二人が廊下を曲がり、壁に身を潜めて様子を窺《うかが》えば、一つのドアの前で重なり合う二人の姿が見えて衝撃を受けた。

「な」

思わず声が漏れる。

後ろからついてきたダイアナが、その光景を見て勝ち誇ったように低く笑い声をあげた。

「あらやだ……あの二人ったら」

そこには、スノウとドレイクが熱烈にキスをしている姿があった。

イリアスの目が零《こぼ》れ落《お》ちそうなほど大きく見開かれる。

一体、なんで、どうして……⁉

そんな単語が脳内をぐるぐる巡り、頭がガンガンする。思わずふらつき、壁に手を当てた瞬間、そのひんやりとした冷たさがいくらかイリアスの頭を冷やした。

だが、彼の視線は何度もキスを繰り返す二人から離れない。握り締めた拳が真っ白になって震え、ほの暗い、オレンジの魔法灯が照らす二人のシルエットがより生々しく瞳に映り……――。

そこで。

イリアスは事態の異様さに気付いた。

(……なんだ?)

先程までショックで真っ白になっていた頭が、その「違和感」を拾い上げて急激に回転を始める。

(どういうことだ⁉)

じっと、こちらに伸びる影に視線を固定する。

そこには、一人分の影しかなかった。

ドレイクの腰に脚を引っ掻《か》けてしなだれかかるスノウの……影が無い。

——傀儡。

その単語が稲妻のように脳裏にひらめき、ばっと廊下に身を躍らせる。

「な⁉」

突然の闖入者《ちんにゅうしゃ》にドレイクが慌てるのが見えたが、構わずイリアスは短い廊下を一瞬で駆け抜けるとスノウの手を取った。

振り返り、顔を見上げる彼女の身体に、掴んだ手から自分の光魔法をつぎ込む。

途端、彼女の両目、口、鼻からまばゆい光が漏れ、ざらっとした感触と共にその場に姿形が崩れ落ちた。

「ひいいいいいいいいい⁉」

ミスター・ドレイクの口から情けない悲鳴が漏れ、手に残った砂のような感触にイリアスは目を見開く。

それは小さな何かの欠片《かけら》の砂のような物質で……イリアスの手からきらきらと輝きながら零れ落ちていく。

「な、な、な……⁉」

腰を抜かすドレイクを他所に、イリアスは廊下を振り返った。

（いないッ）

みればダイアナが姿を消している。

ぎり、と奥歯を噛みしめイリアスはへたり込むドレイクに命令する。

「俺は銀嶺の聖騎士だ。あなたは事件に巻き込まれてる。事情聴取に部下を向かわせるからここで待機してててくださいッ」

「ひゃい⁉」

ドレイクは成金だが一般人だ。銀嶺が取り扱う魔法がらみの事件に巻き込まれたことなどないのだろう。目を白黒させる彼にそれだけ告げて、イリアスは全速力で舞踏場へと戻る。

視界の端にダイアナを探すが見当たらない。そのことに苛立ちがじわじわと胸の内に広がっていく。

あれはスノウではない。傀儡の一種だとして、それを使ってイリアスをスノウから引き離したということは。

(スノウッ！)

彼女が危ない。

絶対に目を離さない、傍から離れない、抱き締めて護るつもりだったのに。

後悔の波が押し寄せてくるが、今更どうにもならない。

明晰《めいせき》な頭脳が叩《たた》き出すのは、どの時点でスノウが傀儡のようなものに切り替わったかだ。

(ファラやルーンといた時は間違いなく彼女だった……ダンスをした時か？　あの中の誰かが？)

いや、ちゃんと部下の元に彼女を返すのか気になってずっと見守っていた。

目を離したのはいつだ？

ダイアナが近寄ってきて……。

決意をみなぎらせて、大股で彼女が歩いて来るのを見た。自分が映るスノウの空色の瞳が揺れていて、そこに滲《にじ》んでいる嫉妬の感情に嬉しくなった。

そこから、変わった。

（あの時か……！）

人が大勢いて、真っ直ぐに突っ切ってイリアスの元に来ることはかなわなかった。彼女はダンスを終えてだらだらと集まる集団を避けて、自分の所に来ようとしていた。

ちょうどその辺りで視線が逸れ——次に見たのが、ドレイクにしなだれかかっているところだったのだ。

自分の血が沸騰する。腹の奥から苦い物が込み上げ、冷や汗が流れていく。

早く早く早く。

彼女の無事を確かめて、その腕に捉えて二度と離さないと誓わなければ。

やがて巨大な舞踏場の扉が見え、光の洪水の中に再びイリアスは飛び込んだ。

◆◇◆

「ええっと……？」

確か彼は、ウイートンと名乗っていたはずだ。

彼は青ざめた顔に笑顔を張り付けて唯一の出入り口であるガラス扉の前に立っている。

「実は先程とは別件の話なのですが……」

困ったように眉を下げて切り出す紳士に、スノウは曖昧な笑みを返す。

「はぁ……」

「わたしが持っている魔道具なんですがね。これの効能がいまいちよくわかっていなくて」

「……といいますと？」

歯切れ悪く、視線を逸《よ》らして語られる内容にスノウの心が警戒心を呼び起こす。思わず身構えると、切れ長の視線を寄越《こ》したウイートンが「ああ」と慌てたように両手を広げて見せた。

「すみません、はっきり申し上げられなくて……ただ……レディ・スノウは最近起きた製作所の襲撃事件の被害者なんですよね？」

そのまましょんぼりと肩を落とす。

「製作所の方に持ち込んで確認していただきたかったのですが……」

ちらりと視線を向けられて、何故かぞわぞわと不快なものが肌を這《は》う。彼の脇を通って会場に出なければいけないのに、気付けば一歩後退《あとずさ》っていた。

「所長であるウエイクフィールド卿や他の職員は働いてますので、一度お持ちになってみたらいかがでしょう」

小声でどうにか告げると、彼は顎に手を当ててふむ、と考え込むように首を傾《かし》げる。それからうっすらと微笑んで一歩前に出た。

「わたしはレディ・スノウに是非見ていただきたいのですが」

「……何故です？」

ガンガンと警鐘が鳴り響く。また一歩後退れば、更に彼が距離を詰める。

「わたしがレディ・スノウとお近づきになりたいからですよ？」

（まずい！）

不気味な物言いに甘いものが混じる。テラスの手すりに追い詰められ、窓から漏れる舞踏室の明かりが遠のき、彼の姿も影になる。何かを取り出すように、彼が懐に手を入れるのを見て、ぞくりと肌が粟立った。

「あ、あの……で、でしたら私が復帰してから……製作所の方にお持ちください」

「あなたに……好意があると言ったら迷惑ですか？」

絶対違う。そんなわけない。

ゆっくりと何かを取り出した男がどんどん近づいてきて、スノウの背中が手すりに触れた。

ここは一階だ。確かに大地から高さはあるが……二階ほどではないだろう。

仮面のような笑顔を張り付けて近づく男相手に、覚悟を決める。

一瞬……一瞬だけでいい。この男の注意を逸らすことができれば！

そんなスノウの願いを叶《かな》えるように、男の背後にある扉が開き、誰かがテラスへと出てきた。急に大きくなった会場の騒音に、ぎくりと身体を強張らせた男が振り返る。

（今だッ！）

絶好のチャンスと、スノウは身体を反転し両手を手すりについて身体を持ち上げ。

「！」

驚く男の前で勢いよく下に向かって飛び降りた。

「ッ」

暗くて地面がよく見えないが、すぐに衝撃が来て、身体が前につんのめる。必死に両手を付いて転がるの堪え、痛む掌を押さえながらスノウは勢いよく走り出した。

とにかくあの男に捕まってはいけない。

屋敷の中庭にはところどころ魔法灯が光る場所があり、そちらに向かって走りたくなるのをスノウは堪えた。

（明るい場所に行けばきっと見つかる）

スノウの咄嗟《とっさ》の行動に対処できていなかったウイートンは、テラスに出てきた人の波に呑み込まれたはずだ。

まさかテラスから自分も飛び下りるわけにもいかず、庭に下りる階段を探しているだろう。ならばその時間がスノウに有利になる。

（とにかく……イリアス卿に会わなくちゃ……！）

悔やまれるのは彼が持っていたものが何か確認できなかったことだ。

もし自分たちが探している「封印されていた魔道具」を彼が持っていて、そのせいで急に態度が変わって迫ってきたのだとしたら？

（王城にそんな危ない魔道具があるのは……大問題だわ）

暗がりを進みながら、スノウはじわじわと屋敷の出口に向かった。何台もの馬車が止まる車庫に辿《たど》り着けば、そこから御者を探し出してイリアス卿と乗ってきた車で待機できるだろう。人をやって彼を呼び戻すこともできる。

時間が経《た》つにつれて対面した時の恐怖が蘇ってきて、じわじわと緊張が募る。手と足が震えるが、何度も浅い呼吸を繰り返しながら、スノウはひたすらに庭を突っ切り車庫を目指した。

やがて道が石畳になり、振り返ると煌々《こうこう》と明かりを灯《とも》す屋敷とはだいぶ離れたことに気が付いた。

（あとちょっと……）

正面に視線を戻せば、周囲を取り囲むレンガ塀が見えてようやっと……ほんの少しだけ緊張を解いた。

（とにかく……急いで……）

若干足を縺れさせながら、スノウは塀の切れ目に灯る魔法灯を目指した。

あそこが車庫への門で、御者が待機する詰所が近くにあるはず。

（助かった……！）

そう安堵《あんど》した瞬間。

通路の横の茂みからぬっと手が伸びて来て、あっという間にスノウの腰を攫《さら》って奥へと引きずり込んだのである。

「ッ⁉」

「――……レディ・スノウ」

「ッ！　んッ！」

腰に腕が回り、口元を大きな手が塞ぐ。咄嗟に両手両足をばたつかせて必死に拘束から逃れようとするが、身体のあちこちにスノウの手足が当たっているはずなのに、捕まえた相手は気にした素振りもなくずるずると引きずっていく。

「あなたを……もう一度穢して……」

一体誰なのか。

不穏な台詞をぼそぼそと繰り返し、口をふさぐ人物の手を叩《たた》く。だがやはり拘束は緩まない。

「もう一度……イチ度……オマえヲ……」

（この感じ……！）

ざあっと全身の血が足元まで落ちる。身体の奥が震え出し、気色の悪いものに襲われたあの日を思い出す。自分を捕まえる人物の言葉はどんどん崩壊し、必死に見開いた目に、あの時と同じ溶け落ちる闇が見えた。

「オマエを……穢シテ……お嬢サマノ願いヲ……」

ぐ、と口を押える手に更に力が入り、スノウは急激に怒りが込み上げてくるのを覚えた。

（なんで……私ばっかりッ！）

苛立ちと同時に、腹が立って腹が立って仕方なくなる。

（お前みたいな紛《まが》い物《もの》に二度もやられてたまるかッ！）

腹の底から湧き上がった感情に突き動かされ、スノウは再び力一杯、手の甲に爪を立てた。

途端、「ギャ」と不気味な鳥の絶叫にも似た声が漏れた。

ぱっと手が離れ、スノウは無我夢中で腰を掴む手にも爪を立てる。

（え？）

その瞬間、ジュッと何かが焼けるような音がして、拘束する手から白い煙が上がる。

（何事⁉）

だが驚くより先に、逃げるべきだ。

再び身を捩《よじ》って走り出そうとしたスノウの後ろで「おまえええええええ」という絶叫が響く。

足がすくみそうになるが堪え、スノウは無我夢中で茂みから元の通路へと飛び出し、振り返らずに一気に車庫を目指した。

背後から何かが迫って来るが、捕まるわけにはいかない。今度こそ殺される。

そう思うと、ぞっと背筋が冷たくなった。

（やだ……死にたくない！）

気持ちばかりが焦り、足がついていかない。部屋に籠って作業するだけではなく、今度からは身体も鍛えようと、変な方向に決意を固めていると、かすかな出っ張りに躓《つまず》いて大きく身体が前に傾いた。

（やばっ！）

転ぶ！

「スノウ！」

その時。

必死に逃げる自分よりももっと必死で、胸に痛い絶叫が響いた。

すらりと長く、逞《たくま》しい腕が後ろからスノウを支え、ぐいっと胸元に引き寄せられる。ふわりと香った爽やかな柑橘系《かんきつけい》の香りは、良く知ったもので。

「スノウッ」

首筋に熱すぎる額が押し当てられ、次いで両腕がぎゅっとスノウの身体を後ろから抱きしめる。

「イ、イリアス卿？」

目を見張り、慌てて彼の方を振り向けば、無理な体制から唇が降って来た。

「んッ⁉」

熱すぎるそれに唇を塞がれ、スノウの身体を衝撃が走り抜ける。思わず身を引こうとすると、腕の中でくるりと反転させられ、そのまま手近にあったレンガ塀に身体を押し付けられた。

「ふ……んぁ……」

緩く開いた唇のあわいから熱い舌が滑り込み、スノウの舌を見つけて絡め取る。逃げようとするが許されず、吐息が甘く交わるまで縦横無尽に口内を犯された。

「あ……は……」

赤く、腫れぼったくなる唇を、ゆっくりと離れたイリアスがもう一度ついばみ、ちゅっと濡れた音が立つ。

それから激情に駆られた身体を宥めるように、ぎゅっとスノウを抱き締めた。

「無事でよかった」

心の底から安堵するような言葉に、スノウはほっと吐息を漏らして彼の背中を掻《か》き抱《いだ》く。

「あ……ありがとう……ございます。あの……助けに来てくれて……」

切れ切れに告げると、ぎゅっと抱き締める腕に力がこもった。

「俺の方こそすまない。君から目を離すんじゃなかった」

「いいえ……私も……勝手に動いたりしたから……」

顔を押し付けた彼のジャケットとシャツ越しに熱い体温と鼓動が響いてきて、自分と同じくらい激しく脈打っていることに気付く。

「心配……しました……よね？」

おずおずと尋ねると、やっとイリアスがかすかに笑うのがわかった。

「ずっと心配だった。君が他の男と踊るのが嫌で嫌で」

「え？」

目を丸くして顔を上げると、少し眉を下げ、ほんのちょっと情けない顔の彼が淡い魔法燈の下、こちらを見つめている。

ゆっくりと彼の手が伸び、そっとスノウの頬を包み込む。

そのまま彼の額が自分の額に触れ、甘く爽やかな香りで満たされた。

「あ、あの……さっきの傀儡は？　それと……ウイートン卿とダイアナは……」

「ちょっと待って」

あわあわと今までの出来事を確認しようとするスノウの唇に人差し指を押し当て、イリアスの濃い

蒼の瞳がじっと彼女の空色を覗き込む。

「後でゆっくり聞くから。今は深呼吸して」

するっと冷たい指先が頬を撫で、スノウはゆっくりとしたその動きに目を伏せて呼吸を繰り返す。早駆けしていた鼓動が徐々に落ち着き、身体から緊張が抜けていった。

その合間に、イリアスが低い声で自分に起きた出来事を話してくれる。

「私の……傀儡？」

スノウの顔色が変わる。それを感じとったイリアスがふわりとスノウを抱き上げた。

「とにかく、落ち着いて話せる場所に移動しよう」

ゆっくりと歩き出すイリアスの、温かな身体に身を寄せ、スノウは真剣な彼の顔を下から見上げた。

「さ、さっきまで私を追って来ていた影と……ウイートン卿は……」

自分を抱える腕の向こうを確認しようとして、そっと抱き直される。

「君を追っていた影はファラとルーンが確認している。あとウイートン伯爵は消えた」

素っ気ない言葉に、スノウが目を丸くした。

「消えた？　舞踏室からですか？」

「ああ。あの男は……不気味だ」

低く、呻くように囁かれたイリアスの言葉に、どきりと心臓が不安に揺れる。

「魔力が低く、銀嶺に参加していない伯爵だが……我々に良い印象は抱いてなさそうだな」

青白い頬と病的な眼差しを思い出し、ぶるっと身体が震える。煌びやかな社交界は、魔力の有無で優劣が付く。まるで無いとなると……きっと目に見えない劣等感が降り積もっていたのだろう。

「スノウは心配しなくていい。とにかく今は……君が無事だったと確かめさせて」

早足にスノウを抱えて歩くイリアスの甘い口調に、スノウは我に返る。

じっとこちらを見下ろすイリアスが、真剣そのものの表情をしていたので、今更ながらに危機を思い出し、スノウはこっくりと頷くのだった。

5　愛する人を護る「もの」

連れてこられたのは王城にある客室の一つだった。

休憩所として開放されているその部屋の、豪華なベッドに下ろされたスノウは、起き上がるより先にそのままふかふかの敷布に押し倒された。

「イ、イリアス卿……」

スノウの腰をまたいで膝を付く彼に、じっと上から見下ろされる。その蒼の瞳に激しく燃える銀色の光を認めて、ぞくりと肌が粟立つのを感じた。

「あ、あの……」

「君が他の男と踊ってるのを見て、ずっとこうしたいと思ってた」

「ええ!?」

驚くスノウの細い首筋にイリアスが顔を埋め、柔らかな皮膚に唇を押し当てる。そのまま吸い上げられ、熱い舌がそこをなぞる感触にスノウのお腹の奥にずきんと甘い疼きが走った。

「んぅ」

数日前に教えられた空洞が、イリアスから与えられる刺激に存在を訴え始める。心臓が鼓動を速め、スノウはハラハラしながら自分を押し倒す男の肩に手を添えた。

「こ、ここ……王城ですよ？」

部屋の魔法燈は煌々と辺りを照らし、少しだけ開いている大きな窓からは舞踏会の喧騒が風に乗って流れ込んでくる。

「そうだね」

咎《とが》めるようにイリアスの肩を押し返すスノウの手を、彼はそっと掴んで外し一纏《ひとまと》めに頭上に縫い留めた。半分身を起こした彼は激しい熱を込めた眼差しでじっと彼女をなぞる。

「だ、誰か来たら……」

今にも喰《く》らいつくしそうな視線に晒《さら》されて、思わず赤くなった顔を背けながらスノウが掠れた声で訴えた。

その頬に、熱すぎるイリアスの唇が触れる。

「大丈夫。ちゃんと鍵かけてきたし、施錠されて使えない休憩室が何を示しているのか……参加してる人間は理解してるよ」

甘い声が耳元で囁く内容に、スノウの顔に更に血が集まって来る。

「……ああ、嫌だな」

身をよじり、徐々に高まる熱を逃そうとしていると、そんな掠れた声がしてそっとイリアスに視線を向ける。片手でスノウの手首を押さえたままの彼は、空いているもう片方の手をスノウの首筋に這わせた。

「ワルツを踊った男たち全員、君の綺麗なこの肌を間近で見たんだよね」

独り言のように呟き、イリアスがその手をデコルテへと下ろしていく。彼の指先からぞくぞくしたものが身体に流れ込み、「んぅ」とスノウの唇から甘い声が漏れた。

「この手を取って」

彼の言葉は止まらない。

くっと手首を押さえる指先に力が入り、デコルテをなぞったもう片方は、ドレスの上から胸のふくらみを辿り、腰へと続く。

「この腰を抱いて」

「っあ」

するっと腰をなぞられて思わず声が漏れる。むっとイリアスが顔をしかめた。

「そんな声も聞かせたの？」

身体を伏せたイリアスが視線を泳がせるスノウの唇を軽くついばんだ。ちゅ、と濡れた音がして、スノウが熱のこもった空色の瞳を彼に向けた。

「そ、そんなわけありません……」

普通に踊っただけだ。こんな風に意味深に触れたことなどない。

だがすっと目を細めたイリアスは再びスノウに口付けると、今度は舌先でその合わせ目をなぞった。たまらず唇を開けば、彼の熱い舌が口腔《こうこう》になだれ込んでくる。

「っ……ん……ふっ」

喰らいつくすような口付けに必死で呼吸しながら、スノウはまさぐる彼の舌を夢中で追いかけた。

意識に霞《かすみ》がかかり始め、ここは王城の客間で、舞踏室では大勢の招待客が音楽に乗って健全に踊っているのだという事実が色あせていく。

無意識に腰を浮かせたスノウの身体が、彼の身体に沿うようにしなる。

そんな彼女の痴態に気付いたのか、イリアスが激しいキスを繰り返しながらスノウの背中のボタンを外し、身頃の縁に指を差し込むと勢いよく引っ張った。

「っ」

コルセットで押し上げられた胸元が露《あらわ》になり、はっとスノウが息を呑む。唇から離れたイリアスが、今度は二つのふくらみの上部に唇を押し当て吸いあげた。

「あっ」

びりっと甘い刺激が肌を襲い、顔を上げた男が満足気に唇を舐める。

白い肌に赤い華が咲いている。

「だ、だめ」

慌てて身をよじり、痕を着けないでほしいと訴えるが、イリアスは「見えなければいいでしょ？」と色気たっぷりに笑うのだ。

「君は俺のもので……俺は君のものなんだ……」

うっとりした口調で囁かれて、スノウは下腹部が痛いくらい、切なく疼いた。

思わずすり合わせた太ももに、この男が気付かないわけがない。

短く、熱い吐息を漏らした彼がゆっくりとコルセットの紐《ひも》を解き、緩んだ布地を取り除くと、期待に震える両胸の先端にくるりと舌を這わせた。

「きゃっ」

衝撃が腰へと走る。スノウの両手を抑えていた戒めが解けるが、その手は露になった白い果実を揉《も》みしだき、舌とは違う快感を彼女の身体に教え込んでいく。

「きっと……君と踊った男どもは全員、こうしたいと思ったんだろうな……」

低い、雷鳴のような声が呟く。独占欲の滲んだそれに、スノウは首を振った。

「そ、そんなわけ……」

「あるよ。ああ、嫌だ……全部……俺のものなのに」

柔らかな果実は彼の手で自在に形を変え、疼くような甘い痛みを彼の舌が宥めていく。

「君はもう、他の男と踊っては駄目だよ?」

はっと短い吐息を漏らし、スノウは自分の胸元に顔を埋めるイリアスを見つめる。

熱っぽく、鋭い視線に射抜かれ下肢がじわりと温かく湿り、身もだえするような痛みを発した。

「イ、イリアス卿」

彼から浴びせられる独占欲が心の内側を満たしていき、掠れた吐息でどうにか告げる。

「わ……私も……」

自分が何故、持ち場を離れてイリアスの元に行こうと思ったのか。

彼の腕にぶら下がるレディ・ダイアナを見て何を思ったのか。

その全てが——……何に由来しているのか。

「私も……」

想いが溢れ、鼓動が跳ね上がり、唇が震える。

しっとりと濡れて、艶やかに光るスノウの唇が甘い声を紡いだ。

「イリアス卿が……レ、レディ・ダイアナに触るのが……い、嫌でした……」

きゅっと彼のシャツの袖を握り締め、胸を愛撫《あいぶ》する掌にもう片方の手を添える。目を伏せて、熱い手の甲を指先でなぞると、びくりと彼の腕が震えるのが見えた。

「……………スノウッ」

しばらくして酷くこわばった声が名前を呼び、スノウは恐る恐る視線を上げる。

その瞬間、深く深く……喰らわれるようにキスをされ、彼女の心臓が痛いほど強く鼓動を刻んだ。

夢中で両腕を伸ばし、口付ける彼の首に回して縋《すが》りつく。

何度も何度も斜交《はすか》いにキスをし、蹂躙《じゅうりん》する舌に自分のものも絡めていく。湿った音が遠い喧騒の中に混じり、ここかどこだったかを不意に思い出したスノウは、かあっとお腹の奥が熱くなる気がした。

「ま……まって……」

すぐ近くに大勢の人がいる。

壁とドアがそれらと自分たちを仕切っているが、ここは出先の王城で屋敷ではないのだ。

そのことを思い出して、キスの合間に訴えるが。

「待てない」

ちゅっと濡れた音を立てて唇を離したイリアスが、おもむろに自らの髪を掻き上げた。押し倒されたベッドから見上げる彼は、魔法燈のオレンジ色の元で凄絶な色気を放っている。

思わず息を呑む。

ぼんやりと見上げるスノウに彼はふっと妖しく笑うと、ゆっくりと彼女の膝に手をかけて持ち上げ、するすると肌を滑って落ちたスカートから現れた真っ白な太ももに唇を寄せた。

「あっ」

ずきん、と下肢が痛み、赤い舌が白い肌を這う様子にぞわぞわと腰から上に向かって衝撃が走る。

ゆっくりと脚を撫でる手と唇、それに舌が身体の中央へと向かって行き、先程から疼痛《とうつう》を繰り返す淫らな場所へと到達した。

「きゃっ」

柔らかなドロワーズの隙間にイリアスが顔を埋め、羞恥と待ち望んだ刺激にスノウの喉から嬌声《きょうせい》が溢れる。

「まっ……だめっ」

触れてほしい思いと、ここが王城であると訴える理性がスノウの中で喧嘩《けんか》を始め、一度状況を整理したくて声を上げる。

「だから言ってるでしょ？　待てない」

だがイリアスは聞かない。スノウの媚肉を護る柔らかな布を押しやり、甘い蜜を零して輝く泉に舌を伸ばす。

「ああっ」

濡れた音を立てて吸い上げ、みるみる内に存在を主張する花芽に指や舌で刺激を与え始めた。

腰の奥が疼き、スノウの腰がふわりと浮く。まるで彼から与えられる淫らな熱を自ら欲するような、強請《ねだ》る動きに、彼女の頬が羞恥に赤く染まった。

「可愛いよ、スノウ」

その腰を抱き寄せ、更に深く泉を味わい始めたイリアスが、甘く囁く。

身体に響くその声に、腰の奥が切なく痛み、スノウはむずがるように首を振った。

「だめ……駄目です、イリアス卿！」

部屋いっぱいにぐちゅぐちゅと響く濡れた音。それが壁の向こうに聞こえやしないかと、理性的な部分が不安を押し上げる。だが、それを本能が抑え込もうとする。

「き……きこえちゃう……」

掠れた甘い声で告げると、溢れて止まらない甘露を味わっていたイリアスが、開く淫唇へとゆっくり指を押し入れた。

「ひゃあんっ」

甲高い声が漏れ、スノウが慌てて両手で口を押える。ゆっくりと身体を起こしたイリアスが、くちゅくちゅと音を立てながら、押し込む指を増やしてスノウの膣内《なか》を蹂躙し始めた。

「声、抑えないと聞こえちゃうかもね？」

口元を必死に抑えるスノウに顔を寄せ、朱を刷く目元にイリアスがキスをする。その間も容赦なくスノウを追い立て、彼の動きに合わせて無意識に腰が動く彼女はなんとかして自分を乱す男を睨《にら》み付《つ》けた。

「だ……だったら……」

やめて。

その言葉が漏れる前にイリアスが蕩ける膣内の一か所をぐいっと押した。

「っあああ!?」

びくん、と腰が浮き上がり、背中が反る。

(な……なに……!?)

そこを攻められると、腰が勝手に動きもっとと強請るように身体が跳ねる。

「あっ……やっ……やだっ！　ああんっ」

「やだじゃなくて、イイんだろ？」

くすっと耳元で笑われて、彼の舌が耳殻をなぞる。それにもぞわぞわした感触が身体を走り抜け、スノウは腰を揺らめかせながら必死にイリアスに抱き着いた。

「や……ああっ……おねが……」

やめてほしいのか続けてほしいのか、わからなくなりながら、この快感をどうにかしてほしくてイリアスに懇願する。

「いいよ。イって」

甘く熱い声が耳朶をくすぐり、攻め立てる手が更に激しくなる。瞼の裏がちかちかして今にも身体が放り出される――……まさにその瞬間。

ガチャガチャガチャ、と二人がいる休憩用の部屋のドアノブが動き、びくん、とスノウの身体が恐怖に縮んだ。

「⁉」

巻き上げられていたものがするりとほどけ、はっとしてイリアスを見上げる。

彼はスノウの蜜窟に指を押し込んだままゆっくりと身体を起こすと背後の扉を振り返った。

くぐもった声が「鍵がかかってる?」と告げるのが聞こえ、さあっとスノウの顔から血の気が引いた。

(ま、まさか今の声……)

慌てて身体を起こし、イリアスの手から逃れる。彼の綺麗で長い指が抜ける際、強烈な切なさが身体に残るが、これ以上ここで乱れるわけにはいかない。

大急ぎでベッドから下りようとして、ぐいっとイリアスに腰を掴まれてベッドの上にうつ伏せに倒れ込んだ。

「イリアス卿⁉」

ひそっと音のない喚《わめ》き声で名を呼べば、彼はふっと妖しく微笑んでスノウのスカートを捲《めく》り上げて腰を立たせ、四《よ》つん這《ば》いの姿勢にすると後ろから覆いかぶさった。

「ちょ……」

「声、出したら聞こえるかも」

ドアに向いて押さえ込まれているため、廊下で喋る声がよく聞こえる。

酔っぱらっているのか大声で「誰がいるんだ?　お熱い二人かな?」とか「中で何をしてるんだろ

うなぁ」とかきわどい会話が聞こえてくる。

(だ、だめ！　やめないと！)

ベッドを這って下りようとするが、腰を掴んだイリアスがそれを許さない。

「イリアス卿！」

必死に声を抑えて叫べば、彼はするっとスノウのドロワーズを下ろし、酷く熱く滾《たぎ》った剛直を濡れて蜜を零す媚肉に押し当てた。

「だ……だめ」

慌てて制止するが、ゆっくりと腰を動かす彼の、硬い先端が尖《とが》る花芽を突くので理性を押しのけて「欲しい」という欲望が降り積もっていく。

「……本当に駄目？」

腰を掴む手が敏感な肌を撫で、泉から溢れる蜜を硬く熱く、膨らんでいく雄槍に纏わせたイリアスが低い声で囁いた。

甘い振動に、ずきん、と花芽が痛み、スノウは喘《あえ》ぎながら首を振る。

「だ……だめ……」

このまま奥まで貫いてほしい。でも、そうしたら扉の方に頭を向けるスノウの、そのあられもない声が二人に届いてしまう。

ああ……でも……。

ぎゅっと目を閉じて、何を嫌がるのかわからないまま首を振るスノウは、背後の彼がくすりと笑うのを感じた。

「イヤなら今すぐやめようか？」

ぐり、と彼の先端が花芽を穿《うが》ち、スノウは理性がじわじわと崩壊していく。

（もうだめ……欲しい……イリアス卿が……）

彼の緩やかな律動に合わせて腰が揺れ、スノウは懇願するように後ろを振り返る。

「い……」

嫌だ、という言葉が喉に張り付く。

「………れて」

脳が焼き切れるほどの羞恥が込み上げてくる。それでも素直に欲望を吐露すれば、瞠目《どうもく》したイリアスが、はっと短く息を吸った。

「いれて……ほしいの……」

見る見るうちに赤くなる彼の目元と、強張る口元を視界に収めながら、スノウは更に続ける。自分を翻弄し追い詰めるイリアスが……追い詰められていく……そんな風に見えて、彼女の中で羞恥を押しのけて何かが膨らんできた。

それは、圧倒的に優位に立てるという——自信。

「私の……濡れて寂しいここを……満たして……」

ぐっと腰に力を入れて猛《たけ》る剛直に濡れた花弁をこすりつけた瞬間、硬く熱いものが一気に隘路《あいろ》を埋め尽くした。

「きゃあんっ」

甲高い悲鳴が漏れ、慌てて傍にあったふかふかの敷布に顔を埋める。

閉じた瞼の裏が、奥まで満たされた感覚にちかちかする。

「あ……ああっ」

うつ伏せにされたまま、ぎゅっと敷布を握り締めると、奥まで押し込まれた熱槍が徐々に後退し、スノウは切なさに身体が悶《もだ》えるのがわかった。

「あ、や……」

だが彼の不在を訴えて切なく痛む隘路に、再び熱の塊が押し込まれて喉と背を反らして声を上げてしまう。

「あああんっ」

そんなスノウの反応を合図に、イリアスが容赦なく硬い楔《くさび》を激しく打ち込み始めた。

「あっあっあっあ」

声を抑えようと唇を噛み締める。身体のぶつかる音に濡れた音が混じり合い、荒い呼吸と混じって控室の空気が甘く凝っていく。

与えられる快感が深すぎて、ぞくりと恐怖が心の底に芽生える。反射的に快楽から逃れようと身体が前に進むが、ぐっと腰を掴んで引き戻された。

「んあっ……だ、め……」

激しく後ろから攻め立てられ、スノウの目尻に涙がにじむ。

激しく揺さぶられる身体はイリアスが掴んでいなければ前へと落ちそうで、シーツを握り締める。その腕を、後ろから掴まれて、スノウは身体を引き起こされた。

「あああっ⁉」

腰を掴まれていた時よりももっと引き寄せられ、彼の動きに翻弄される。

反らした喉から嬌声が溢れ、扉の向こうで誰かが聞いているのでは？　という恐怖心が薄れていく。

「スノウ……スノウッ」

荒い呼吸を繰り返しながら、スノウを追い立てるイリアスの切羽詰まった様子に、彼女の蜜窟がきゅうっと締まるように反応する。

逃がさない、というように甘く絡まり、より彼の剛直を内側に感じて、スノウは堪《たま》らなくなった。

心はもちろん……身体まで彼を求めている。

いやむしろ、言い訳を探して臆病になる心よりも、身体はもっと素直だ。

奔放に、淫らに、イリアスを求めどこまでもどこまでも甘く溶けていく。

「イリアス卿……私……」

激しく突き入れられ、脳裏がぼんやりとしてくる。思考が解け、言語で何かを伝えることが困難になりながらも、スノウは必死に言葉を繋いだ。

身体だけじゃなくて、ちゃんと言葉でも。

「わたし……イリアス卿を……愛してます……」

一度言葉にすると、箍《たが》が外れたように彼女の言葉が溢れていく。

「好き……愛してるの……イリアス卿っ」

嬌声の合間の、切ない叫びにイリアスの動きが一瞬だけ止まる。ぐ、と奥を抉《えぐ》った位置で止まり、大きく温かな身体が後ろからスノウを抱き締める。

「イ、イリアス卿……」

「俺も」

弾み、荒く、掠れた低音が、彼が噛みつく首の後ろから響いてくる。

そのまま首筋に歯を立てるイリアスが、スノウと繋がったまま掴んだ手を離し、柔らかな両胸を包み込んだ。

「あんっ」

くり、と胸の先端を摘まれ、別方向からの甘い刺激に咥《くわ》えている彼自身を締め上げる。そうすると余計に彼のカタチを内側に感じてスノウの目の前が真っ白になった。

「あっあ……」

軽く達しそうになるスノウに気付いた男は、唇を耳朶に移すと熱く蕩ける声で囁く。

「俺も愛してる……スノウ」

その瞬間、再び彼の楔がスノウの蜜窟を突き上げ、今にも達しそうだった快感を後押しし、その先へと押し上げた。

「や……あ……だめっ！　だめぇっ！　もうイってる……からぁ」

あられもない嬌声が喉から溢れ、現界を訴える。だがイリアスはお構いなしにスノウの内側を蹂躙し、愛を告げた言葉を身体に刻み付けていく。

「何度もイって……覚えてて……」

両の胸は彼の手の中で形を変え、溶けて蜜を溢れさせる胎の空洞は貪欲に彼を締め付ける。

「スノウ……好きだ……愛してる……」

「あんっ……わたしも……愛してます……イリアス卿っ……」

強烈な快楽が押し寄せて来て、スノウの身体が絶頂を予感して震える。後ろから彼女を突き上げるイリアスが、身体を抱き寄せ唇を奪う。

ぐ、と押し込まれた雄槍が震え、締め上げるスノウの内側に熱い欲望を吐きだした。

それと同時にスノウの瞼の裏も真っ白になる。

彼の唇に飲み込まれる、スノウの嬌声。

欲望を更に押し込むよう、何度か腰をグラインドさせたイリアスが、胸の先端を弄《いじ》り、繋がる秘所の敏感な花芽も執拗《しつよう》にこすり上げる。

押し上げられたきり、下りてこられない快楽の中、スノウは涙を浮かべて彼に全身を投げ出したのだった。

◆◇◆

きゃーっという悲鳴と同時に、ガラスが砕ける音がして、ベッドの中で甘いまどろみに浸っていたスノウとイリアスははっと目を覚ました。

ばっとベッドの上に飛び起きた彼が、落ちていた下着とズボンを拾い上げて身に着ける。

「な……なんでしょう?」

上掛けを引き上げて身を起こしたスノウが、目元にかかる銀色の髪を払いのける。シャツを着ながら、イリアスが渋面で答えた。

「多分、例の傀儡《くぐつ》だろう」

その一言に、さあっとスノウの顔から血の気が引いた。

ウイートン卿とダイアナの件が終わっていない。

(そうよ……こんなことしてる場合じゃなかったのにっ)

慌ててベッドから下り、スノウは身体中の違和感と、ひりひり痛む蜜口に眉を寄せた。きゅっと唇を噛むと、こっちも腫れているのか感触がぼんやりしている。

それでも下着とドレスを掴《つか》み上げれば、身支度を終えたイリアスが大股で彼女に近づき、ゆっくりと抱き上げるとベッドに下ろした。

そのまま激しいキスをくれる。

「んっ……」

「……もうちょっと抱きたいから、スノウはここで大人しくしてて」

「え?」

最初に浮かんだのは「あれだけしたのに?」という恐怖にも似た感情。ついで湧き上がったのは。

「私を置いて行くんですか⁉」

目をまんまるにしてイリアスを見上げれば、彼は額を突き合わせて厳しい目をした。

「傀儡に関してはファラとルーンに任せていた。彼らで十分に事態を収められると思ったからだ」

だが、二人が寝ている間に事態は拗《こじ》れている。

悲鳴と、何かが破壊される音がひっきりなしに続いていた。

「魔力を持たない、銀嶺に所属できない伯爵が、魔道具を手に入れた。そこから起きることは？」

頬を両手で包んで、イリアスが真剣な眼差をし、見つめ返したスノウは恐る恐る口を開いた。

「……自分を蔑んだ社交界に復讐《ふくしゅう》を？」

眉間にしわを寄せるスノウの、その唇に素早いキスが落ちる。はっと顔をあげれば、すでに厳しい表情で立ち上がるイリアスの横顔が見えた。

「恐らく。盗んだ封印されていた魔道具を使うために、スノウが邪魔だったダイアナを巻き込んだんだろう」

淡々と告げられたその一言で、スノウは自身の血があっという間に冷たくなるのを感じた。

「……彼女が……私を？」

かすれた声が出た。

確かに彼女に嫌味《いやみ》を言われたが命まで狙われるようなものではない。

「そんなに憎まれていたなんて思えませんが……」

思わず零すと、ふっと苦くイリアスが笑う。

「……俺の所為かな」

トンデモナク傲慢な台詞だが、事実なので何とも言えない。でもイリアス卿はやんわりとレディ・ダイアナを拒絶していた。

「そんな……意中の人に振り向いてもらえないからって、あんな凶悪な物を使うなんて」

信じられない、と言葉に詰まるスノウに、しかしイリアスは首を振った。

「真剣に考えていなかったんだろう。所詮は魔道具。効果なんて大したことないとな」

それは……そうかもしれない。

物を大切にしない貴族たち。それはつまり、道具なんて使い捨てくらいの威力しかないとそう思っていたのだろうから。

「その魔道具も……本来はそれほど強力なものではなかったのだろう。魔力の薄い伯爵家が封印していたくらいだ。だが……それを手にした者が……ウイートンやダイアナが誰かを妬み、恨み、傀儡のみならず呪いまで発動させた」

長く封印され、人から忘れられていた道具が、その思いに共鳴する。

「ダイアナが偽スノウを使って俺を惑わせている間、ウイートンは君を殺そうとした。それが連中の作戦だったんだろう。庭で襲い掛かってきたのは、前回製作所に現れた奴《やつ》と形が似ていたし……奴らが作り出した傀儡がどれくらいいるのかわからない」

だからスノウはここにいてくれ、と真剣な眼差しで言われる。

それに「私だって戦えます」という言葉は言えなかった。王城で何が起きているのかわからないが、間違いなく非戦闘要員のスノウでは対処できないだろう。

（いや……でも……）

魔道具。

それの対処ならスノウはできるはずだ。

上掛けの下できゅっと両手を握り締める。恐らく混乱を極める舞踏室から大勢の招待客が退避しようとしているのだろう。

それは喧騒や足音から容易に察せられる。

「……スノウ？」

考え込む彼女の前に、ずいっとイリアスが顔を寄せる。真顔で彼がスノウを見つめた。

「何か良からぬことを考えてない？」

（考えてます）

だが見せないように彼女は微笑んで見せた。

「イリアス卿はもう行ってください。私も服を着て待機してますから」

一つ頷いて告げると、スノウの銀の瞳をじっと覗き込んでいた彼が、やがて深い溜息を吐いた。

それから上着の内ポケットからウサギのマスコットを取り出すと自分の額に押し当てたあと、そっとスノウの手の中に押し込んだ。

「イリアス卿……」

これはイリアスの大切なお守りだ。慌てて突き返そうとするが、彼は真剣な眼差しでスノウを見る。

「俺のために持ってて。あとで護衛にルーンを寄越すから、それまで部屋から出ないように」

噛んで含めるように告げられるも、スノウは曖昧に頷くにとどめた。

ここにいる、という言質を取りたいイリアスが、更に言葉を強要しようとして扉の向こうから激しい破砕音が響いてきた。

「……行ってください」

ここが安全だとは思えないが、少なくとも何者かの侵入は防いでいる。舌打ちしたイリアスが厳しい表情のまま踵を返して出て行く。

かすかに開いた扉の向こうに目を凝らすスノウだが、あっという間に閉められ確認できなかった。

一人で締められないコルセットは捨て置き、なんとかドレスを着たスノウは、ちょっと心もとない胸元にウサギのマスコットをしまい込む。

それからドアに近寄り、ノブを動かしてみるが何かを噛まされているのか動かない。

（やっぱり出て行けないようにはするか……）

ふむ、とノブを掴んだまま考え込み、スノウはくるりと振り返ると大きなガラス窓を押し開けた。

手すりの付いたバルコニーへと出てみる。

内部ほどの騒がしさは感じず、裏庭はひっそりしていた。

先刻ここを走ったことを思い出し、スノウは目を凝らした。細い石畳の通路と魔法燈が見え、ここを進めば先程の車庫に辿り着けるはずだ。

御者が残っているかわからないが、上手くすれば裏から出られる。

二階の高さから下りるためにシーツを引き剥がすと、カーテンに結び付けて簡易のロープを作り、ゆっくりと伝い下りていく。

最後は飛び下りる形になったが、城内とは雲泥の差の静かな庭に降り、緊張から身体が震えるのがわかった。

（大急ぎで魔道具製作所に戻って……傀儡を消すような強力な光魔法を持った道具を調達……）

倉庫にしまわれたままのいくつかの道具を思い浮かべ、震える足を叱咤《しった》しながらスノウはゆっくりと庭先を進んだ。

やがて十数名の集団が、開け放たれた裏門の前で整列しているのが見えた。

（馬車で帰る人たちかな？）

とにかく無事な様子にほっと胸を撫でおろし、そちらに近づいたスノウは何やら様子がおかしいことに気付く。

（あれは……！）

足を止め、はっと息を吸い込む。

（この人たち……影が無い！）

彼らは舞踏会用のドレスやスーツを着ていて、招待客だと容易に想像できた。

だが一様にゆらゆらと揺れるように身体を動かし、足取りもおぼつかない。ぶつぶつと何かを呟いているが、その言葉は虚《うつ》ろで……スノウが対峙《たいじ》した傀儡とそっくりだった。

（まさか……全員傀儡!?）

ぴたりと足を止め、スノウは影のない集団とその先に姿を表した人物に目を剥《む》いた。

「……レディ・ダイアナとウイートン……」

ダイアナは青ざめて震えているが、その腰を抱くウイートンは目をギラギラさせ、喉を反らすと高らかに嗤《わら》う。

「見てみなさい、マイレディ！　ここにいる紳士淑女を！　わたしを馬鹿にした社交界の連中を！」

血走った眼差しで集まる彼らを睥睨《へいげい》する。

「可愛いだろう？　全員従順にもわたしの命令を待っている。魔力の無いわたしのな！」

哄笑《こうしょう》が響き渡り、スノウは底冷えのしそうな悪意に足を引きかけた。だが、怯《おび》えた様子のダイアナの腰を引き寄せ、今にもキスしそうなほど伸し掛かるのを見て踏ん張った。

「な、なにする気⁉」

「お前はその最たるものだ。高慢な侯爵令嬢をわたしに服従させられたらさぞ気持ちがいいだろうな！」

叫び、ウイートンは手にした魔道具をダイアナに向けようとする。

（……鏡！）

楕円形《だえんけい》のそれは、車寄せで灯る魔法燈の光を受けて、きらりと光る。だが次には真っ黒にうごめく影を内包しているのを見て、スノウは反射的に声をあげていた。

「あなたではその鏡をうまく使いこなせないわ！」

りん、と響いたスノウの声に、傀儡を含めた全員が振り返る。

温度の無い視線に、スノウの身体が震えた。それでも強張って震え、逃げそうになる脚を叱咤しながら、蔑むような眼でこちらを見るウイートンに淡々と告げた。

「魔力の無いあなたでは、その鏡は扱えない」

声に脅《おび》えが混じらないよう、精一杯の虚勢を張る。静かに宣言し、スノウは顎をあげて真っ直ぐに進んだ。虚ろな眼差しでゆらゆら揺れる、影の無い一団。その横をすり抜け、スノウは青白い顔から零れ落ちそうなほど目を見開くウイートンを睨み上げた。

「そんなことはない……この鏡は……ここにいる連中の姿を写し取った……わたしはこいつらを操れる……こいつらの頂点に立ったんだ……」

ぶるぶると身体を震わせ、そう訴える彼に、スノウは首を振った。

「……私を襲った傀儡も、イリアス卿が目撃した私の影も……全部、そこのレディ・ダイアナが作り出したものでしょう？」

彼に腰を掴まれ、震えるダイアナに視線を向ければ、彼女ががくがくと首を振る。

「か……彼に頼まれたのよ！　け、契約だって……そう……」

「だから何だ⁉　俺が連中の主であることに変わりはないだろう⁉」

口角泡を飛ばして叫ぶウイートンに、スノウが首を振る。

「いいえ」

「お前ッ……！」

「なら試してみればいい。そこら中にいる傀儡に……あなたが主だという彼らに命を下してみればいいわ！」

声高にそう告げれば、目を見張ったウイートンがどん、とダイアナを突き飛ばし魔道具の鏡を掲げて口元を引き上げた。

「お前たち！　このわたしの命に従って、そこのくそ生意気な女を殺せ！」

ひび割れた声が周囲に響き渡る。だが最後の一音まで闇が吸収し……傀儡はただ揺れるだけだった。

「な……」

鏡の柄を血管が浮くほど強く握り締めるウイートンに、スノウは内心安堵しながらつかつかと近づいた。

「わかったでしょう？　あなたでは無理だって」

「ば、馬鹿な⁉」

再び鏡を振り上げるが、鏡面で影がうごめくだけでそこから何かが飛び出したり、影を失くした傀儡が動くこともない。

「動け！　命令を聞け！　わたしが……わたしが社交界の、銀嶺の主だ！」

「あなたこそただの、肥大した欲望の傀儡だわ！」

叫び、最後には駆け出したスノウが、彼の腕に飛び掛かる。尻もちを突いた彼の手から鏡を奪おうとして。

「……させないわよっ」

途端、背後から何かが首に絡みつき、振り払う間もなくスノウの首を締め上げた。

「⁉」

ぎょっとするスノウの首を、目をギラギラさせた青白い顔のダイアナがぎりぎりと絞め始める。

(な……⁉)

ほぼ戦意を喪失していると考えていたダイアナの、まさかの行動に唖然とする。

「すべてあなたが悪いのよ……! 私はこいつに唆《そそのか》されただけで何も悪くないッ! こんな騒動に巻き込まれたのは全部あんたのせいなのよッ!」

呆然《ぼうぜん》と座り込み、成り行きを見守るウイートンに余裕が戻ってきた。

「そうだ、マイレディ! こんな事態を引き起こしたのは全部この女のせいだ! 俺たちは被害者だ!」

(何をぬけぬけと……!)

全力でもがき、自分の首を絞める彼女の手や腕を力の限り引っ掻いたり、叩いたりするが、こめかみに血管を浮かせ、零れ落ちそうなほど大きく目を見開いたダイアナは、歯を食いしばっていることがわかるくらい、顎を強張らせて指に力を入れている。

意味をなさないくぐもった吐息がスノウの鼻やのどから漏れ、見える光景が徐々に白く、ちかちかと星が散り始める。

ウイートンはといえば、笑いながらふらふらと体を揺らして車寄せを出て行こうとする。手に持った鏡は魔力のない彼ではどうすることもできない。

それでも、この場の責任をすべてダイアナとスノウに覆いかぶせて逃げる気なんだと容易に理解できた。

本当にまずい。このままでは本当に！

ばしばしと力任せに腕を叩き、首を絞める手の甲を引っ掻き、踵で相手の脛を蹴りまくる。

早く早く早く。なんとかしなければ……！

そうこうするうちに、大きく開いた夜会用のドレスの胸元からぽろりと何かが落ちた。

霞《かす》む視界に、それが淡く光りながら石畳の上に落ちて行くのを見て、彼女が目を見張った。

（あ……）

次の瞬間、イリアスから渡され、綺麗に修復し、願いが込められたウサギのマスコットが強烈な光を放った。

「ぎゃあ」

人とは思えない声がダイアナから漏れ、手が離れた。

がくん、と石畳にしゃがみ込んだスノウは、吸い込んだ空気にげほげほとむせ返る。ずきずきと痛む喉を抑えながら、光り輝いたウサギのマスコットに視線を遣って……絶句した。

ドレスと胸の空いた空間に入るサイズだったマスコットが見る見るうちに巨大化し、唖然とするスノウの前で馬車を越えたサイズにまで膨れ上がっている。

それでも止まることを知らず、見上げるほどに大きくなったそれが、ぽかんとするスノウの目の前で可愛らしく両手を動かすと腰の抜けたダイアナを上から取り押さえた。

ぎゃあああ、という悲鳴が彼女の喉から漏れ、ばたばたとウサギから逃れようと両手両足を動かす。

だが、むんずと彼女を捕まえている巨大マスコットはびくともしない。

（な……）

スノウがマスコットを修復した際に有事に巨大化するような仕掛けは施していない。

ただ、このマスコットに込められた「大切な人を護りたい」という願いをもっとかなえられやすく強化しただけだ。

そう……彼の身に何が起きても守ってもらえるよう……。

（……確かに……身代わりのマスコットが巨大化したら……）

防御壁としては完璧だろう。

ぎゅうぎゅうと「攻撃者」を押しつぶす愛らしいウサギを見上げて、自分の仕事に複雑な思いを抱えていると、イリアスから護衛を頼まれたらしいルーンが騒動を聞きつけて駆けてくるのが見えた。

「レディ・スノウ！　こ、これは⁉」

驚愕に目を見張り、ぽかんとするルーンに、スノウは何と答えていいかわからない。

「え……っと……イ、イリアス卿からお借りした魔道具の効果……なんですけど……」

「魔道具……これが……？」

どうみてもぬいぐるみなそれを唖然として見上げるルーンは、それに押しつぶされかけている女性を見て更に目を剥く。

「レディ・ダイアナ……」

それからすっと目を細め、魔法燈の下で何かを探るように身を屈《かが》めた。

はっとスノウも息を呑む。

(そうだ……一連の事件の犯人には銀色の糸が絡んでるんだった)

ルーンの魔力で作られた光魔法の糸。だがそれはウサギに押しつぶされているダイアナを素通りし、車庫へと向かって逃走する人物の背中に絡みついた。

「ルーン卿！　あれがウイートンです！」

彼はまだ魔道具を持っている。

気付けばスノウは彼に向かって全速力で走り出していた。

「レディ・スノウ⁉」

驚くルーンを他所に、スノウの心の内側にふつふつと怒りがわいてきた。

あの魔道具は恐らく……遠くにいる愛しい人の姿を写し取り、離れ離れの距離を埋めるためのモノだったのだろう。間違っても、相手の影を奪って傀儡にしたり、黒い邪気を飛ばしたりするようなものではなかったはずだ。

どこかで道を誤って……ああなった。封印されざるを得なかった。

(本来の使命から切り離されて使われるなんて……許せない！)

酔っぱらいのような足取りで、ふらふら身体を揺らして歩くウイートンに、最近ちょっとだけ足腰が丈夫になったスノウが追い付く。

「ウイートン卿！」

首を絞められていたことなどないかのように大声でわめき、振り返った彼が反撃に出る前に、スノ

ウは思いっきり片手を振り上げた。

逃げるのに必死なウイートンはいきなり頬を張られてぽかんとする。その隙に鏡を奪い取ると。

「な、なにをする⁉」

「こうするのよっ！」

スノウはありったけの魔力を鏡に注ぎこんだ。

（私の魔法はものを修復すること……）

壊れた物を綺麗に繋ぎ、新たな力を付与するのがスノウの魔法だ。だがそれだけではない。

もう一度組み上げるために、一度物を分解することもある。

目を伏せ、「物を繋げる」際の力のイメージとは逆に、「分解する」イメージを思い描く。

「なぁッ⁉」

悲鳴のようなウイートンの声に目を開ければ、青白く輝くスノウの魔力が鏡の柄を取り巻き端から
ゆっくりと「分解」していくのが見えた。

「や……やめ……」

青ざめた男が掠れた声を上げ、必死に鏡を取り戻そうとする。だが彼の目の前でぼろぼろと崩れ落ち、分解が鏡面に達すると、鏡自体が耳を劈《つんざ》く、甲高い声を上げた。

思わず手を離して耳を覆いたくなるが、スノウはぎゅっと目を閉じると卒倒しそうな叫び声に耐えた。脳を揺さぶるようなそれに、頭が痛くなり、思わず取り落としそうになった瞬間。

嗅ぎなれた柑橘系の香りがふわりとスノウを包み込み、大きく温かな手が両耳を塞いだ。

叫び声がやや遠のき、スノウはそっと目を開くとしかめっ面をしたイリアスを見て息を呑んだ。

「イリアス卿……」

この絶叫の中、スノウの耳ではなく自分の耳を塞いでほしい、とそう伝えようとするが、彼は顔をしかめたまま首を振る。

ならば一秒でも早く、「分解」を終えるべきだとスノウは崩れ行く柄から手を離し、鏡面自体を両手でつかんだ。

断末魔の悲鳴が上がり、「ごめんね」と必死に鏡に謝りながら、業務を完遂すべくスノウは指先からありったけの魔力をつぎ込み続けた。

転瞬。

ぱきぃん、という金属が折れるような音がしたかと思うと鏡が粉々に砕けた。

掴むスノウの手を撫でるように、ざらざらした欠片が零れ落ち、石畳の上に散っていく。

「あ……ああ……」

ウイートンが絶望に顔を歪めた。

わなわなと唇を震わせ、唖然と呟く言葉にスノウはきゅっと唇を噛む。

「わたしの……願い……が……」

咄嗟に膝をついて地面に這いつくばった彼の、曲げた指先が砕けた鏡を求めて足掻《あが》くように動く。

「そんな……だめだ……認めない……認めないッ……認めないッッ」

身をよじらせる彼の、あまりにも必死な様子にスノウは目を伏せ、胸に手を当てたところで不意にその手を取られた。

見上げれば、厳しい表情をしたイリアスがぐっとスノウの手を握り、更にはウイートンに歩み寄ると、首根っこを掴んで引っ張り上げ、ダイアナの方に向かって歩き出した。

そのまま彼女の前に放り出す。

「レディ・ダイアナ……ロード・ウイートン」

ウサギに押さえつけられた女と、へたり込む男の前でスノウと手を繋いだままイリアスが膝を付く。

濁った眼差しでこちらを見上げる二人に、イリアスはゆっくりと、噛んで含めるように告げた。

「我々が持つ魔力は自分の欲望を叶えるためのものではないし、魔道具も同じだ。ものも人も大切にできないお前たちにはそれ相応の罰が下るだろうな」

青ざめて言葉を失う二人に、スノウは目を伏せた。

王城に大混乱を招いたことはそう簡単には許されないだろう。

「ファラ、彼らを銀嶺まで連行して。ウイートン卿は王宮の、ダイアナは銀嶺内の規定に則《のっと》って沙汰を下す」

がっくりと項垂《うなだ》れる二人の前にファラが進み出て、未《いま》だダイアナを押さえつける巨大なウサギのぬいぐるみに複雑な顔をした。

「閣下……これはどうすれば？」

「あ」

慌ててスノウが前に出た。

元に戻す方法はさっぱりわからない。だがスノウを護るために大きくなったのだから、対象が無事だとわかればきっと元に戻るはず。

ただ無事だとどう表明すればいいのか……。

「スノウ」

そっと巨大ウサギの背中に触れて撫でていたスノウは、声をかけられて振り返る。真剣な表情のイリアスが自分を見下ろしており、彼女は目を瞬いた。

「イリアス卿」

「こいつは君が危ないと思ったから巨大化したんだよな？」

声が硬い。

イリアスはスノウが首を絞められていたことを知らないはずだ。だがこちらを見つめる目が炯々《けいけい》と輝いていて、彼から「部屋から出るな」と厳命されていたことを今更ながらに思い出した。

「…………気付いたらこうなってました」

自分が悪いわけではないと、どこかとぼけるようにそう告げると、はあっとイリアスが深い溜息をもらす。

「……恐らく、君が無事だとこいつが感じればいいはずだ」

低く呟き、返事をする前に引き寄せられ、噛みつくようなキスをされた。

「んっ⁉」

傍にいるファラが天を仰ぎ、ルーンが慌てて目を隠す。その様子を視界の端に捉えながら、スノウは必死に彼を止めようとするが、押しやろうとする手は捕らえられ、片腕で腰を抱き寄せられて身体が密着し、離れられない。

ぐいぐいと伸し掛かられて背を逸らすスノウは、唇を割って入ってきた舌に翻弄されて眩暈がした。

「ふ……んんぅ」

逃げ惑う舌を捕らえ、絡め取られる。歯列の裏や頬の内側を探られて閉じた瞼の裏が真っ赤に染まった。

思う存分口内を探られたあと、濡れた音を立てて下唇を吸い上げられてスノウは甘い吐息を漏らした。

「い……いりあふきょ……」

舌が回らない。おまけに唇から与えられた甘すぎる衝撃が腰に響き、ずるずるとその場に頽《くずお》れる彼女を、イリアスがひょいっと抱き上げた。

「スノウは無事だ。それにあとは俺が護るから」

真剣な表情でイリアスは巨大なウサギに語りかけた。

途端、まばゆい光を放ったウサギがゆっくりと小さくなり始め、驚く皆の前で小さなマスコットへと姿を変え、ダイアナの背中の上にぽとりと落っこちた。

スノウを横抱きに抱いたまま、器用に膝を折ったイリアスがそれをひょいと持ち上げ、大事そうに胸元に押し込むと再び立ち上がった。

下ろしてくれて構わなかったスノウが、彼の腕の中で身じろぎする。

「あの……」

うろっと視線を泳がせながら彼を見上げれば、スノウを抱く腕にかすかに力を込めた彼が、まばゆいばかりの笑顔を浮かべた。

……――ただし、蒼穹《そうきゅう》の瞳が笑っていない。

「ファラ、ルーン、あとのことは頼んだ」

「はあ⁉」

ダイアナとウイートンを光魔法で縛り上げるルーンと、二人に付き従うファラがものすごく嫌そうな声をあげる。

だがイリアスは全く気にする様子もなく、いっそ爽やかな笑顔を二人に見せた。

「俺は彼女にちょっと……用事がある。明日の朝……いや、午後に顔を出すから」

そう告げてすたすた歩き始めるイリアスにスノウは眩暈がした。

午後ってなんだ。仕事は朝からだ。それまで……どうする気だ⁉

口をぱくぱくさせるスノウが、何か不服を唱える前に恐ろしすぎる笑顔を見せられて、黙り込む。

腕の中で身をよじり、スノウはこれから自分がどうなるのか……ファラやルーンにどう思われたのか……真っ赤になる顔を彼のシャツに顔を埋めて必死に隠すしかないのだった。

◆◇◆

「……城内の平定はできたのですか？」

完全に納得いったわけではないが、何を言ってもイリアスはスノウを解放しないだろう……。

そう考えて彼の腕の中で大人しくしていたスノウは、抱え込まれたまま馬車に乗り込んだ際にようやく気になっていたことを尋ねてみた。

彼女を膝に座らせ、抱え込んだままイリアスは溜息交じりに答える。

「倒れていた招待客のほとんどは、聖騎士の剣気と神官の光魔法で意識を取り戻したよ」

ではやっぱり鏡からの脅威が一番厄介だったのは自分だったのだ。

それくらい、恨まれていた。妬まれていた。

うつむきがちにその場を離れるダイアナを思い出し、苦い物が込み上げる。

(彼女は銀嶺の法会議にかけられるということだけど……)

どんな処罰が下るのだろうか。

銀嶺は貴族の血筋の人間が多いが、だからといって罪をおかした人間を罰さないことなどない。

彼女もきっと厳正に処罰されるはずだ。

ぎゅっとイリアスの上着を握り締める。それに気付いたイリアスが、そっと彼女の手に自らの手を重ねた。

じわりと彼の体温と、それから持っている清々《すがすが》しい気が流れ込んできてゆっくりとスノウの身体から力が抜けた。

イリアスの逞しい身体に凭《もた》れかかり瞼を落とす。

「……そんなに、目障りだったんですかね、私」

しばらくしてから、我慢できずにぽつりと零す。呪われてもいい、死んでもいいと……本気でそう思われていたのだろうか。そこまで誰かの悪感情を掻《か》き立《た》てていたのだと思うと……身が竦む。

そんなスノウを抱き上げて馬車から降りたイリアスが、しっかりした足取りで彼女を連れて屋敷の内部を進んだ。

「生きている限り、どこかで誰かの悪意にぶつかることはある。違う人間同士なんだからわかり合えないことの方が多い」

大騒ぎだった王城と違い、城下でも祭りが繰り広げられていた影響で屋敷の中は静まり返っている。使用人のほとんどが里下がりしているからだ。

ひっそりとした廊下を寝室に向かって歩きながら、イリアスが淡々と続けた。

「だから、彼らの悪意と嫉妬をいつまでも引きずる必要もない。彼らも君も、自分に降りかかった出来事に対処しようとして、その結果が今だ」

こうすればよかった、ああすればよかった、なんていつまでも考える必要はない。それは過去でしかなく、例えそこに戻れたとしても別の道を選ぶことは不可能なのだ。

なら、その過去から続く今を……未来を……どうしようかと考える方が建設的だ。

「……はい」

彼の、柑橘系のいい香りがする胸元に顔を埋めて目を閉じる。

彼らは自らの欲望のために人を巻き込んだ。それを、巻き込まれたスノウがもっとどうにかできたと考えるのはお門違いなのだろう。それに、スノウは無事に魔道具を止めることができた。

それだけで十分だ。

「……それより、スノウ。この期に及んで他人の心配？」

不意にイリアスから耳元で囁かれ、はっとスノウが顔をあげる。

柔らかなマットレスに下ろされて、ここがイリアスの寝室だと遅まきながら気づく。

慌てて身を起こそうとして、その肩を押されて元の位置へと戻された。

「あ……あの？」

足元の魔法燈以外、明かりの消えた室内で見上げるイリアスがにっこりと微笑む。そのままベッドに乗り上げた彼は、両膝でスノウの腰を跨《また》ぐと、真上から彼女を見下ろした。

（目が……笑ってないッ）

口元には爽やかな笑みが漂っているが、その眼差しは射貫くようでスノウは視線を逸らせない。

「えっと……その……き、今日は大変な一日でしたよ……ね？」

恐る恐るそう告げると、イリアスが「そうだな」と気のない返事をする。そのままシュルっと首もとからネクタイを外し、手袋を脱ぐ。

「お、お疲れでしょうから……お一人でお休みになられたほうが……」

「そうかもな」

上着を脱ぎ、ウエストコートも脱ぎ、シャツのボタンをゆっくりと外していく。それでも視線はベッドに横たわるスノウを釘付《くぎづ》けにしたままだ。

ゆっくりと自らの髪を掻き上げる彼の仕草に、スノウの心拍数があがる。

息を止めているると気が付いたのは、ゆっくりと伸ばされた熱い指先が頬を掠めた時だった。

「ッ⁉」

びくっと身体を強張らせ、その動きに触発されるように視線を逸らす。

「確かに、今日は色々なことがあったからゆっくり休ませてあげたいと……あの時までは思っていたかな」

低く甘い声が耳朶を掠め、彼の指先が頬を辿り顎の下辺りをくすぐる。

「あ、あの時？」

きゅっと目を閉じ、唇を震わせて告げると、彼の指先がむき出しの鎖骨を撫で、ゆっくりと胸の谷間へ進んでいった。

ぎし、とベッドが軋《きし》んだ音を立てイリアスがスノウに覆いかぶさるのがわかった。耳元に熱い吐息がかかり、再びスノウの身体が跳ねる。

「……人が大勢いる王城でシた時」

くすっと甘い笑い声が耳朶をくすぐり、スノウの喉から「ひゃん」という妙に甘い声が漏れた。

「本当はあの後、ゆっくり寝かせておいてあげようと思ったんだよね」

甘い声にじわじわと、優しさだけではない濃い色が滲んでいく。それは……怒りのようでもあり、底意地の悪いようなものでもあり……スノウの肌をぞくぞくさせる低音だった。

「でも、誰かさんは俺との約束を破った」

「そ、それは」

思わず覆いかぶさる彼の肩を押し、視線をイリアスに向ける。

激しく動揺の滲む彼女の瞳を、濃い蒼の瞳が捕らえる。

途端、スノウは失敗したと思った。暗がりでもわかるくらいに、彼の瞳の奥で焔《ほのお》が燃え上がっているのがわかったからだ。

目を見張るスノウを見つめたまま、イリアスがゆっくりとドレスの身頃に指をかけ、勢いよく引っ張った。

「きゃ」

「コルセットもしてないなんて」

ふるん、とドレスのシルクに護られていた胸がまろび出て、冷たい空気に触れる。

スノウを視線で釘付けにしたまま、イリアスは片手でゆっくりと彼女の真っ白な果実を揉みしだく。

「んっ……ふっ……」

きゅっと唇を噛んで嬌声を堪える。ゆっくりと立ち上がる先端を指先でくにくにと弄りながら、イリアスはすっと目を細めた。

「しかも……この首の痕はなに？」

「へ？」

空いていたもう片方の手が持ち上がり、そっと首筋に触れる。微《かす》かにひりつくような痛みを感じ、スノウは押し黙った。

この場で「首を絞められました」なんて告げたら……オソロシイ目に遭う。

だがそんなスノウの儚い抵抗もむなしく、大きく温かなイリアスの手がゆっくりと喉を覆い、白い光がふわりと溢れて、スノウは軽く回復魔法を施されていることに気が付いた。

「……誰にやられたの？」

静かに、甘い声が問う。それにスノウは反射的に首を振った。

「べ、別に」

「ふうん？」

（気付いているとしか思えないッ）

そりゃそうだろう。イリアスが目にしたのは巨大化したお守りのウサギで、そうなったのは「スノウに何かあった」からだ。

スノウの首の痕を癒《いや》すように溢れていた白光が徐々に消え、温かな彼の手が離れる。それと同時に胸への愛撫が再開し、再び込み上げてくる熱にスノウが浮かされたような声を上げた。

「あんっ」

「スノウ、俺とした約束覚えてる？」

冷たいのにどこか笑みを含んだ声が囁き、しっかり約束を破ったスノウは曖昧に首を振った。

「あ……やっ……」

それを咎めるようにきゅっと乳首を摘まれ、かすかな痛みに彼女の背中が反る。構わず、イリアスはくにくにと乳首を虐《いじ》めながら喉を癒していたもう片方の手でそっとスノウの頬を包んだ。

「ねえ、スノウ。俺は君に『部屋から出るな』と言ったはずだが？」

言われた。

「……なんで外にいたの？」

「…………えっと……」

きゅっと胸を揉まれて、言い訳を編み出そうとする思考を端から甘いものが侵食していく。

「外に出て……怪我《けが》まで負って……」

宥めるように、愛おしむように頬を撫でる掌とは真逆に、胸を愛撫する手はじわじわと激しさを増していく。

「どうしてそんな真似《まね》したの」

甘い声が耳朶を打つ。身体を伏せ、耳元に唇を寄せたイリアスのひんやりした声音に、びくりとスノウの身体が震えた。

「そ……れは……」

魔道具が関係しているのなら、自分が一番役に立つとそう思ったからだ。

扉の向こうが大騒ぎだったし、とにかく急ぐ必要があったと……。

そう訴えたところで、スノウが約束を破ったことに変わりはないし、イリアスから渡されたマスコットが無ければ死んでいたかもしれない。

「……ごめんなさい」

震える唇を突いて謝罪が零れる。

それに、罰するように身体を責めかけていた彼の手が止まった。

「……もう無茶はしないで」

イリアスの両手が頬を包み、二人の視線が絡む。

そっと額に額を押し付けられて、微かに震えているイリアスを感じ、スノウの胸が突かれたように痛んだ。

「……ごめんなさい」

再び告げれば、熱く、形の良い唇がゆっくりとスノウの唇に触れた。

宥めるように何度も、濡れた音を立てて啄《ついば》まれる。

スノウは両腕をあげてそっとイリアスの首に抱き着いた。乞うように彼を抱き寄せれば、イリアスからの口付けが深く甘くなっていく。

「君が現場にいて心臓が止まるかと思った」

スノウの後頭部と腰に手を回し、しっかりと抱き寄せながらキスを繰り返すイリアスが、合間に囁く。声の端が震えていて、スノウはぎゅっと抱き着いた。

「はい……」

「ああいうのは……もうやめて」

懇願するような響きが混じり、スノウは必死に頷くと自ら、彼の舌に己の舌を絡めていく。

夢中でキスを繰り返していると、一際強く、スノウの舌先を吸い上げた彼がゆっくりと身体を起こした。

ぼうっとして見上げるスノウの視界の先で、彼はゆっくりと自分の唇を舐める。

「それじゃ、約束を破ったお仕置きね」

「…………へ？」

思わずぽかんとするスノウを前に、イリアスは凄絶な色気を振りまく笑顔を見せた。


「んっ……や……あっ……ああんっ」

声を抑えようとするも、ベッドに腰を捻《ひね》るようにして転がされ、片足を持ち上げられて中心に熱く硬い楔を打ち込まれた状態では堪えきれない。

王城の客室で抱かれた時とはまた違う角度で蜜窟を攻められ、新たな快感を拾い上げた蜜壁が甘い疼きにきゅうっと彼の肉槍を締め上げる。

「ここ、好きなの？」

ぐり、と奥を抉られて「ひゃあん」とスノウの喉から高い嬌声が漏れる。彼を咥え込む内部が細かく震え、それを堪能するようにイリアスがゆっくりと腰を動かす。

持ち上げられた脚の、ふくらはぎ辺りに口づけられて、更にスノウの蜜窟が狭まった。

「も、やめ……あっ……あんっあん」

ぬちゅぬちゅと濡れた音を立てて楔が出入りし、数時間前に彼を受け入れた隘路が再びの快楽をむさぼって潤っていく。

激しく揺さぶられ、スノウの目の前がちかちかしてくる。

「あっあっあっあ……!?」

もうすぐ達する――……そう感じてぎゅっとシーツを握り締めた瞬間、彼女の身体を暴いていた楔が勢いよく抜け、絶頂に押し上げようとしていた快楽があっという間に消えていく。

「やっ……ああっ」

思わず咎めるような視線を向ければ、硬く勃ち上がったままの楔をそのままに、イリアスが髪を掻き上げ、目を細めて自分を見下ろしているのが見えた。

「あ……イリアスきょ……」

「だーめ。お仕置きだっていっただろ?」

欲望を湛《たた》えた眼差しのまま、ふっと笑うイリアスに、スノウは眩暈がした。

脚から手が離れ、横向きに伏せるスノウは、物足りなさを訴える空洞に「んぅ」と甘い苦悩を漏らす。

「お……おねがい……イリアス卿……」

浅い呼吸を繰り返しながら、切なさを込めた眼差しで見上げれば、彼は獰猛な光を湛えた瞳にスノウを映す。

「欲しいなら、自分から挿入《い》れてみる?」

くすりと笑い、彼がヘッドボードに預けた枕に寄りかかる。天を向いてそそり立つ肉槍に、スノウはごくん、と喉を鳴らした。

理性はすでにぐずぐずに溶け、彼からの快楽を切望する想いだけが脳裏を占めていく。

じり、とイリアスににじり寄り、スノウは浅い呼吸を繰り返しながらゆっくりと彼の身体を跨ぐ。

恐る恐る楔に近づき腰を上げ、スノウはじっとこちらを見つめる視線に身体を震わせながら白い指を彼の肉槍に沿わせた。

柔らかいのに硬く、芯を持って熱いそれにスノウの鼓動が跳ね上がる。微かに震えるそれに、濡れて刺激を求める蜜口を近づけながら、彼女はそっとイリアスを窺った。

彼は熱く獰猛な眼差しでスノウを見つめ、奥歯を噛み締めているのか顎の辺りが強張っていた。

「んっ」

自分を求めてやまない、切なくなるほどの恋情を何故か感じ、スノウは肉槍の先端を蜜口に押し当てる。

ただ熱く硬い剛直を中に挿れるのにかすかなためらいと恐怖が生まれた。

馴染《なじ》むよう、溢れる蜜に切っ先をこすりつけていると「スノウ」と切羽詰まった声が名を呼んだ。

「……なんですか？」

かすれた声で尋ねるが、未だ挿れる決心がつかず蜜口で丸い先端を口付けるようにしていると、その手をイリアスが掴んだ。

「先に進まないのか？」

強張った声が促す。過分に熱量の含まれたその台詞に、腰から甘い疼きが湧き上がり、ふるっと身体を震わせた。

「んぅ」

きゅっと唇を噛んで、スノウは剛直を蜜口に合わせるとそろそろ腰を落としていく。

たっぷりと濡れた隘路が、彼のものを咥えて呑み込んでいく。

ただどこまで進めていいかわからず、浅い位置の感じる部分に先端を押し当てるようにして腰を振った。

「んっんっん」

甘い刺激を追いかけるよう、自分で腰を動かすがじわじわした疼きが続くだけで、欲しい快感に達さない。物足りなさに、スノウはぺたりとイリアスの身体に伏せ、彼の喉元で荒い呼吸を繰り返した。

「イ……イリアスきょう……」

情けない声が漏れ、乞うようにたくましい首筋に唇を寄せる。

「おねが……」

唇を押し当てたまま震える声で囁けば、スノウの腰に両手を添えたイリアスが、低い声で唸《うな》るように告げる。

「もう、約束は破らない？」

甘い甘い、スノウを束縛する言葉。がくがくと頷けば、溜息を零したイリアスがスノウの腰を持ち上げ、下から激しく突き上げた。

「きゃあん」

悲鳴のような声がスノウの喉から溢れ、あっという間に激しい抽挿が始まる。

「あっあっあっあ……あんっ……んんっ」

イリアスに跨《また》り、伏せったままの身体を下から攻められる。腰が跳ね上がり、自重で落ちると更に深く彼の熱杭を咥え込み、濡れた音が立った。

「あんっ……んっ……んっ……きゃあ⁉」

途端、腰を掴んでいた手にぐいっと身体を起こされ、熱杭を咥えたままイリアスの腰に座り込む。

「あっ……やあ……やっ」

そのまま力強い動きで攻められて、スノウは喉を逸らし、髪を乱して甘い啼《な》き声をあげた。結合部が濡れた音を立てて二人の快楽を煽《あお》り、ふるふると揺れる白い果実に、イリアスが短い吐息を漏らした。

「んっ……絶景だな」

「やあんっ」

彼の言葉で自分が痴態を晒していることに気付き、乱れた思考を羞恥が貫く。

「やあ……みないで……」

繰り返される深く鋭い刺激に耐えながら、そう告げればイリアスの熱の滲んだ声が響いてくる。

「どうして？　すごく……可愛い……いい眺めだ」

「ひゃぁあん」

更に言葉を重ねられ、何故かきゅうっとスノウの蜜窟が締まる。

「可愛い……スノウ……」

反応を確かめるようにイリアスが何度も囁き、その締め付けを追いかけるように彼が激しく腰を振る。

繰り返される刺激を貪欲にむさぼるように、スノウの膣内《なか》が肉槍を離さないよう咥え込む。それを振り切って抜ける度に切なさが胸を焼き、突き入れられると歓喜に震える。

理性が溶け、ただただ快楽だけをむさぼるスノウは、快楽に酔うように目を閉じひたすらに絶頂を求めて揺さぶられる。

「あっあっあっあっ」

ひっきりなしに喉から嬌声が漏れ、瞑《つぶ》った目蓋の裏が赤く染まっていく。

夢中で快楽を追うスノウは、自分を突き上げるイリアスから苦し気な声が漏れるのを聞いた。

快感から浮かんだ涙に視界が歪む中、そっと繋がる相手を見れば、張り詰めた吐息を漏らすイリアスが飛び込んで来て、スノウの胸が再び甘くきゅうっと締め付けられた。

「くっ」

途端、呻《うめ》き声がイリアスから漏れる。鼓動と連動するようにスノウの蜜窟が甘やかに締め付け、自分を暴く欲望をより一層強く掴み上げるのだと、甘く蕩けていく思考の端で考えた。

「あんっ……イ、イリアスきょ……」

甘い甘い声をあげる。

その中で切なく名前を呼べば、短く鋭い吐息を吐いた男が、ぐっとスノウの腰を掴んで身を起こした。

「きゃ」

ぐるっと視界が反転しベッドの上に押し倒される。

そのまま身体を二つ折りにする勢いで両足を抱え込まれ、真上から楔を打ち込まれた。

「ああんっ……あっ……はうっ……んっ……あああんっ」

堪えようとするも奥深く、抉るようにイリアスが腰を打ち付け、呼吸の合間に絶え間ない喘ぎ声が漏れる。

「やあっ……あっあ……あああ」

「スノウ……スノウッ」

激しい抽挿に蜜口から愛液が零れ、濡れた音と肌がぶつかる音、それから悲鳴のような嬌声が静かな寝室をいっぱいに満たしていく。

「やあっ……あんっ……イリアス卿っ……イリアス卿っ！」

世界が白くなり、天井が迫ってくるような気がする。

貫かれ、広げられる身体の奥から切なく、もどかしい熱が込み上げてきてスノウは縋るぬくもりを求めて、夢中でイリアスに手を伸ばす。

その手を掴み、枕元に押し付け、身体を寄せたイリアスが唇を塞ぐ。

乱暴なキスのはずなのに、それは身を焦がす炎に油を注ぐようで、あっという間に真っ赤に燃え上がった。

「スノウッ……愛してる……だからっ」

一番奥を突き、その先に熱すぎる欲望を注ごうと、一心にスノウを揺さぶるイリアスが耳元で囁く。

「俺を……受け入れてっ」

（もう……とっくに受け入れてる……）

切羽詰まった声に目を閉じ、スノウは彼の首筋に唇を寄せ、歯を立てた。

言葉で説明するには、理性が乏しく、でも「自分も愛している」を伝えようときゅっと噛みつく。

びくりとイリアスの身体が強張り、それを感じたスノウの身体が愛しさに震え、身体を貫く熱にぎりぎりと巻き上げられていた快感が絶頂を覚えて爆発した。

「ああああああんっ」

両足の爪先まで欲望が駆け巡り、無理な態勢ながら背中が反る。

自らイリアスの楔を深く受け入れるスノウの蜜窟に、イリアスが呻くような長い吐息をついて、腰を更に強く振り、最後の一滴《ひとしずく》まで欲望を中に注ぐ。

強烈な解放と快楽に身をゆだね、スノウの身体からがっくりと力が抜けた。

瞼の裏がちかちかし、急激な解放から意識が遠のいていく。

荒い呼吸を繰り返し、柔らかな闇に身をゆだねようとするスノウは、逞しい両腕が強く強く自分を掻き抱くのを感じた。

「スノウ……」

泣きそうな声が肌をくすぐり、彼女は心配をかけた彼を、慰めるように本能のまま言葉を口にした。

「……愛してます……どこにも……いきませんから……イリアス様……」

途端に温かなものが唇を塞ぎ、今度こそスノウは甘やかなまどろみの中に落ちていくのだった。

エピローグ

終業のチャイムの音と同時に作業の手を止め、しょぼしょぼする目をこすったスノウはうーんと伸びをする。

（……今日も一日お疲れさまでした、と）

今までの彼女なら、「作業が」ひと段落するまで残って仕事をしていただろう。

だが今は、チャイムと同時に作業の手を止めるように心がけている。

目の前には黒い瘴気を纏った鎧《よろい》が一つ。遠征で魔物が放つ瘴気に当てられたというそれの浄化と修復に携わっていた。

周囲に害を及ぼさないよう、金属製の特注の箱に鎧を収めて封印符の施された鍵で閉じる。

今日一日、この鎧と付き合っていたため、身体が怠《だる》くて重く、軽い頭痛もするがここを離れれば回復するだろう。

それに今は残業を繰り返し、寝食を忘れて仕事していた頃とは全然違う。

（魔道具の騒ぎも収束したんだから寮に帰るべきなんだろうけど……）

受付のメイに手を振って製作所から表に出たスノウは、ぼんやりと夕暮れ色に染まる石畳の道を見つめた。

ここを通って寮に帰る。

それが本来のスノウの生活だ。

だが今は。

「よかった。あと三分遅れたらお仕置きだった」

製作所の門から外に出たスノウを待っていたのは、門柱に背を凭れかけて立っていたイリアスだ。

休暇の終わった彼は聖騎士の隊服を身に纏い、今まさに仕事を抜け出してきました、という格好だ。

「ち、ちゃんと定時に仕事を終わらせてきたじゃないですか」

ゆっくりとこちらに近づき、スノウの手を取って自分の腕に絡めるイリアスにそう告げれば、彼は片眉を上げる。

「本当？　俺が待ってなかったら残業するんじゃないのか？」

顔を覗き込まれ、うっと言葉に詰まる。

「そ、それは……」

「怪しいな。やっぱりしばらくは抜き打ちで迎えにこよう」

断言されて、スノウは半眼でイリアスを睨み付ける。

「イリアス卿こそ、本日のお仕事はどうされたんです？」

聖騎士が決まった時間に仕事を終えられるのは、仕事となる任務が無い時がほとんどだ。魔物がらみの任務が入れば、スノウのような定時出勤定時退勤なんて無理なことになる。

イリアスが受付に陣取っていたのは休暇だからで、これから先、スノウの退勤時刻に待ち合わせることなどできなくなるに決まっている。

今日だってどうやってここに来たのかと半眼で問えば、彼は少し目を見張るとうっとりするような眼差しをスノウに向けた。

「今日は用事があるから仕事は入れるなと、ファラに厳命してきた」

「ええ⁉」

そんな理由でファラを困らせてここにいるのかと、思わず眦《まなじり》を吊《つ》り上げるが、彼はそっとスノウを促すようにして銀嶺の敷地内を歩いて行く。

ほんの少し困惑したように目を瞬かせるスノウに、イリアスは少し視線を落としてから前を向く。

それが先程までの揶揄《からか》う様子からかけ離れていて、どきりと胸が鳴った。

真剣な表情でスノウを連れて敷地を行く。

「どこに向かってるんですか？」

そっと尋ねると、「うん」と短く答えたイリアスが彼女を連れて一つの建物の前にやってきた。

そこは銀嶺の食堂で、スノウは目を瞬く。

「構成員のための食堂だが……銀嶺のほとんどが貴族なのはスノウも知ってるだろ？」

大きな木製の扉を開けると、天井の高いホールが現れる。だが、イリアスはそこを進まず、受付に立つ人間に声をかけると、隣にある扉を開けてくれた。

中には螺旋《らせん》階段があり、上がっていくと柔らかな夕日に照らされた屋上へと出た。

秋の気配が漂う茜色《あかねいろ》の空の果てに、金色の夕日が落ちようとしている。

日中よりも幾分涼しさを纏った風が心地いい。

そんな屋上の中央に緑が植わった空中庭園があり、薔薇のアーチを潜って進めば、銀嶺の尖塔《せんとう》と王城、それから街並みが見える開けた場所に出た。

淡い光を灯す魔法燈のランタンが置かれたテーブルへと促され、スノウはびっくりした顔のままイリアスが引いてくれた椅子に腰を下ろした。

「食堂にこんな場所があるなんて知りませんでした……」

目を丸くしたまま、ゆっくりと暮れていく空と徐々に明かりの灯る眼下を見つめながらスノウが溜息をもらす。

「貴族出身の構成員は屋敷に帰ったり、気に入ったレストランに行ったりで食堂を使うのはそんなに多いわけじゃないが、特別な場所を作ってほしいって要望もあったんだ」

スノウの正面に腰を下ろし、イリアスが甘く微笑む。

「メニューも晩餐に相応しいものがでる」

その言葉通り普段の食堂メニューとは違う豪華な料理がテーブルに並び、スノウは夜景と柔らかな宵闇の空気にふわふわした気持ちになった。

フルートグラスの底から、ぱちぱちと弾ける細かい泡の立つ金色のシャンパンで乾杯をし、前菜からデザートまでゆっくりと供される食事を堪能する。

(どうしよう……なんか……不思議……)

徐々に藍色に沈む世界を、柔らかな金色の魔法灯が彩り、普段イリアスの屋敷で食事をするのとは違う空気にドキドキした。

夢でも見ているような気持ちで、出されたデザートに視線を落とし、思わずスノウは笑ってしまった。

「これ……」

そこにはバニラの香りがするソースの海に、ぷかりと浮いたメレンゲのデザートだ。

「二人で行った時、邪魔が入ったからね」

だからこれだけは頼み込んで入れてもらった、とイリアスが苦笑する。

「半分も食べられなかったんですよね」

レディ・ダイアナに突撃をされて慌てて席を立ったのだ。

そんなに昔の話ではないが、それでもあの時からずいぶんと色んなことが変わった。

ここ数日気になっていたことを、スノウはそっと尋ねてみる。

「……あの……レディ・ダイアナが銀嶺を去ったのは知ってますが……どんな処分が？」

重い口を開いて尋ねれば、銀色のスプーンを持っていたイリアスがふうっと溜息を吐いた。

「彼女自身はウイートンと契約を結んだだけだということで、国外追放は免れたが、王都からの追放、辺境での謹慎が言い渡されている」

「……そうですか」

王城の混乱に加担したとみられてもおかしくないのだから当然だろう。

「もう一人はどうなりました？」

彼女を操り、銀嶺を陥れようとしたウイートンは。

イリアスはスプーンで、ふわふわとソースに浮く、雲のようなメレンゲをつつきながら逡巡《しゅんじゅん》する。

その様子に、スノウに知らせるのはどうかと考えているのだとわかった。

だが、スノウは普通のレディのような箱入りの令嬢ではない。

どんな末路を聞かされてもショックで倒れるようなことはない。だが、直接かかわったスノウを気遣って迷ってくれるイリアスの優しさが嬉しかった。

「……碌《ろく》なことにはならないということですね」

先回りしてそう告げれば、はっと顔を上げたイリアスが苦い笑みを浮かべるのがわかった。

「そういうことになるかな」

よかったとも悪かったとも言えない。

でもこの胸のもやもやはずっとイリアスと共有していくものだと思うと、ほんの少し気持ちが浮上するのがわかった。

「彼らは自業自得だ。スノウが気にすることはない」

きっぱりと告げ、彼が手を伸ばす。テーブルの向こうから温かな手にきゅっと握られて、スノウは目を細めた。

「はい」

こくん、と頷くと不安そうな彼に笑顔を見せる。

「大丈夫です。こう見えても私、銀嶺の一員なんですから」

おどけて胸を張って見せる。だが、彼は真剣な表情を崩さずにゆっくりと立ち上がると、椅子に座るスノウの傍らに跪《ひざまず》いた。

「イ、イリアス卿⁉」

ぎょっとして立ち上がろうとするスノウの手を掴み、その場に縫い留める。

こちらを見上げる蒼い瞳がきらきらと輝いていて、吸い込まれそうになる。鼓動が高鳴り顔が熱くなる。だが強い瞳の魔力で目を逸らすことができない。

そんな風にスノウを縫い留めるイリアスが、ゆっくりとポケットから取り出した光り輝く輪をそっとスノウの左手の薬指に押し込めた。

ばくん、と鼓動が一つ大きくなる。

世界が収縮し、自分の左手を持つイリアスしか存在しないような気になる。

「スノウ」

その左手を持ち上げ、イリアスは手の甲にゆっくりと口付けた。触れた柔らかく熱い唇からびりびりびり、と背筋を震わせる電流が流れ込む。

「改めて言わせて。君が好きだ。愛してる」

ゆっくりと身体に沁みるような甘やかな低音。それに身体の奥が熱くなる。

「俺と結婚してほしい」

放たれた真っ直ぐな言葉の矢に、スノウの胸は貫かれ甘美な毒が全身へと広がっていった。

それはスノウの魔力をもってしても……イリアスの光の魔力を注いでも消えないもので。

じわっと目尻に涙が浮かび、スノウのリンゴのように赤く染まった頬からぽろりと落ちて珠《たま》を結ぶ。

「……返事は？」

掠れた、やや緊張の残る声で促され、頷こうとしたスノウは跪くイリアスへと身を投げ出した。

「わっ⁉」

隙の無いはずの聖騎士さまが、飛びついたスノウを受け止めて後ろに倒れ込む。

咄嗟に後頭部と腰に回された彼の腕にぎゅっと抱きしめられ、スノウは全身に彼の熱を感じて目を閉じる。

「私でよければ……イリアスきょ……様のお嫁さんにしてください」

耳まで赤くなりながら、彼の身体に直接吹き込むように告げれば、彼女に回された腕がぎゅっと一際強くなる。

「……それ、目を見て言ってくれる？」

そっと耳元で囁かれ、ゆっくりと身体を起こす。そのまま、スノウは蒼い瞳を見つめてふわりと微笑んだ。

「……わかりました、私の旦那様」

そっと頬に触れて囁けば、相好を崩した彼がスノウの顎をすくいあげてあっという間に口付ける。

息が切れるほど甘い口付けをかわし、すっかり力の抜けた彼女がイリアスの身体の上に伏す。

「……スノウ」

「はい」

彼の首筋に頬を寄せ、視線をあげればイリアスが夜空を見上げていた。彼が見ているものを自分も見たいと隣に寝転べば、離れ過ぎないようにと腕が巻き付く。
藍色の空には、振り撒《ふま》いた粉砂糖に似た星がいっぱいに広がっている。
息を呑んで見つめていると、不意に低い声が呟いた。
「……帰ろうか」
帰る。
二人の場所に。一緒に。
「はい」
弾んだ声で答えると、立ち上がったイリアスがスノウを抱き上げた。
ここは銀嶺の食堂で、絶対に誰かに見られるだろう。
でもスノウはもう気にしない。
二人、笑い合いながら家路を急ぐ。
そんな二人を見守るべく、空の端から大きな月が昇ろうとしていた。

あとがき

こんにちは、千石かのんです。

この度は「過労令嬢」をお手に取っていただき誠にありがとうございます！

今回のお話は「銀嶺」なる特殊組織で社畜として働く子爵令嬢と、彼女を見守るあまり様子がおかしくなっている聖騎士様の恋物語となっております。

自分の仕事に邁進するあまり、倒れるまで自分を顧みなかったスノウ。その彼女を捕まえてお世話をするイリアス卿……彼の鋼の自制心（笑）には驚嘆するばかりです。

本人、何度も「手を出したら一回では終わらない」と心の声を漏らしておりましたが、スノウと結ばれたあとは、それはもう、心置きなく彼女を愛でることができたんだろうなぁ、と勝手に思っております。

そんなイリアスさん。書いてて楽しかったですね！　愛が重くて！（笑）

基本的に愛が重いヒーローが好みなのですが、彼は他作品のヒーローとはちょっと違ってて柔和で優し気な雰囲気を持ち、更には聖騎士様なのでいるだけで空気が清涼になる……んですけど、なんかちょっとじっとりしっとりした「陰」の感じが漂ってるなぁと。

ばったり会った時のために毎日お菓子買うのは……ただしイケメンに限る！　な行動なのでは……

と思ってしまった次第です。でも様子がおかしいのいいね！

そのイリアスにロックオンされたヒロインのスノウは、極度のワーカーホリックですが、彼に連れ出されてお世話をされて、仕事以外にも目を向ける心のゆとりができたのかなと。

作中に出てくるお菓子は海外の某番組から「美味しそうだなぁ」と眺めていたものをチョイスしてみました。食べたい……。

そんな二人を森原八鹿先生にすごく素敵に描いて頂きました！

スノウは触ると柔らかくてふにゃっとしてて体温高そうだなぁとにまにましながら、その彼女を組み敷いているイリアスさんは爽やかイケメンなのに身体つきがっ……！　手が……！　エロい！

ネタバレになりますが巨大化した「例のあれ」も描いて頂けて感無量です！　かわゆい！

ぜひぜひ、もう一度ページをめくって素敵イラスト共に二人の恋物語を読んでいただけましたら幸いです。

最後に「もっと甘さを……！　甘さをください！」とアドバイスくださる担当様、毎回叱咤激励してくれるチーム「にべこ」の皆、そして最後まで読んでくださった読者様。

ほんとうにありがとうございます！　次回もまたお会いできればなとおもいつつ……。

千石かのん

ガブリエラブックスをお買い上げいただきありがとうございます。
千石かのん先生・森原八鹿先生へのファンレターはこちらへお送りください。

〒110-0016　東京都台東区台東4-27-5（株）メディアソフト
ガブリエラブックス編集部気付　千石かのん先生／森原八鹿先生　宛

MGB-131

過労で倒れた社畜な子爵令嬢ですが聖騎士様に溺愛保護されています

2025年2月15日　第1刷発行

著　者　千石《せんごく》かのん

装　画　森原八鹿《もりはらようか》

発行人　沢城了

発　行　株式会社メディアソフト
〒110-0016
東京都台東区台東4-27-5
TEL：03-5688-7559　FAX：03-5688-3512
https://www.media-soft.biz/

発　売　株式会社三交社
〒110-0015
東京都台東区東上野1-7-15
ヒューリック東上野一丁目ビル３階
TEL：03-5826-4424　FAX：03-5826-4425
https://www.sanko-sha.com/

印　刷　中央精版印刷株式会社

フォーマットデザイン　小石川ふに（deconeco）

装　丁　齋藤陽子（CoCo. Design）

ISBN 978-4-8155-4357-0